Dilemas

COLEÇÃO TÓPICOS

Bachelard, G. — A POÉTICA DO DEVANEIO
Bachelard, G. — A POÉTICA DO ESPAÇO
Bachelard, G. — A ÁGUA E OS SONHOS
Bachelard, G. — O AR E OS SONHOS
Ferenczi, S. — THALASSA
Bergson, H. — MATÉRIA E MEMÓRIA
Bachelard, G. — A TERRA E OS DEVANEIOS DO REPOUSO
Bachelard, G. — A TERRA E OS DEVANEIOS DA VONTADE
Merleau-Ponty, M. — SIGNOS
Eliade, M. — MEFISTÓFELES E O ANDRÓGINO
Eliade, M. — IMAGENS E SÍMBOLOS
Panofsky, E. — ARQUITETURA GÓTICA E ESCOLÁSTICA
Eliade, M. — O SAGRADO E O PROFANO
Dumézil, G. — DO MITO AO ROMANCE
Tarde, G. — A OPINIÃO E AS MASSAS
Sorel, G. — REFLEXÕES SOBRE A VIOLÊNCIA
Ryle, G. — DILEMAS

PRÓXIMOS LANÇAMENTOS:

Austin, J. L. — SENTIDO E PERCEPÇÃO
Simmel, G. — FILOSOFIA DO AMOR
Weil, S. — A GRAVIDADE E A GRAÇA

Gilbert Ryle

Dilemas

Martins Fontes
São Paulo — 1993

Título original: **DILEMMAS**
publicado por Press Syndicate of the University of Cambridge, 1ª edição 1954
Copyright © Cambridge University Press
Copyright © Livraria Martins Fontes Editora Ltda., São Paulo, 1992,
para a presente edição.

1ª edição brasileira: março de 1993

Tradução: Álvaro Cabral
Revisão da tradução: Monica Stahel
Revisão tipográfica:
Vadim Valentinovitch Nikitin
Maria Cecília K. Caliendo

Produção gráfica: Geraldo Alves
Composição: Renato C. Carbone

Capa — Projeto: P.U.F.

Dados Internacionais de Catalogação na Publicação (CIP)
(Câmara Brasileira do Livro, SP, Brasil)

Ryle, Gilbert, 1900-
 Dilemas / Gilbert Ryle ; [tradução Álvaro Cabral]. —
São Paulo : Martins Fontes, 1993. — (Coleção tópicos)

 ISBN 85-336-0152-2

 1. Dilema I. Título. II. Série.

93-0419 CDD-160

Índices para catálogo sistemático:
1. Dilema : Lógica   160

Todos os direitos para o Brasil reservados à
LIVRARIA MARTINS FONTES EDITORA LTDA.
Rua Conselheiro Ramalho, 330/340 — Tel.: 239-3677
01325-000 — São Paulo — SP — Brasil

SUMÁRIO

   I. Dilemas 3
  II. "Era para ser" 25
 III. Aquiles e a tartaruga 59
  IV. Prazer 87
   V. O mundo da ciência e o mundo cotidiano 109
  VI. Conceitos técnicos e não técnicos . 131
 VII. Percepção 149
VIII. Lógica formal e informal 177

Estou muito grato ao *Master* e aos *Fellows* do Trinity College, Universidade de Cambridge, pela honra que me conferiram ao me elegerem 12º Conferencista Tarner. Este livro é uma versão ligeiramente modificada das Conferências Tarner, que proferi em Cambridge no período da Quaresma de 1952.

G. R.

I
DILEMAS

Existem diferentes espécies de conflitos entre teorias. Um tipo muito conhecido de conflito é aquele em que dois ou mais teóricos oferecem soluções antagônicas para o mesmo problema. Nos casos mais simples, suas soluções são antagônicas no sentido de que, se uma delas é verdadeira, as outras são falsas. Com maior freqüência, naturalmente, trata-se de uma questão bastante confusa, em que cada uma das soluções apresentadas é em parte correta, em parte errada e em parte simplesmente incompleta ou nebulosa. Não há nada a lamentar na existência de discordâncias desse tipo. Mesmo que, em última instância, todas as teorias antagônicas, exceto uma, sejam totalmente demolidas, ainda assim seu debate terá ajudado a pôr à prova e a desenvolver a força dos argumentos usados a favor da teoria sobrevivente.

Não é este, porém, o tipo de conflito teórico de que nos ocuparemos. Espero interessar o leitor num padrão muito diferente de controvérsias e, por conseguinte, numa espécie muito diferente de solução dessas controvérsias.

É freqüente a ocorrência de discórdias entre teorias ou, de um modo mais geral, entre linhas de pensamento que não são soluções antagônicas do mesmo problema, mas antes soluções ou pretensas soluções de diferentes problemas e que, não obstante, parecem ser inconciliáveis. O pensador que adota uma delas parece estar logicamente comprometido a rejeitar a outra, apesar de as investigações que deram origem às teorias terem, desde o início, objetivos substancialmente divergentes. Em controvérsias desse tipo, muitas vezes encontramos um mesmo pensador — muito provavelmente nós mesmos — fortemente inclinado a defender os dois lados e, ao mesmo tempo, a repudiar um deles apenas porque está decididamente propenso a apoiar o outro. Está satisfeito com as credenciais lógicas de cada um dos dois pontos de vista, e convencido de que um deles deverá ser totalmente errado se o outro estiver correto, mesmo que apenas em boa parte. A administração interna de cada um parece impecável, mas suas relações diplomáticas parecem ser mutuamente destrutivas.

Todo este conjunto de conferências pretende constituir um exame de vários exemplos concretos de dilemas dessa segunda espécie. Mas aduzirei desde já três exemplos conhecidos a fim de ilustrar o que até agora só descrevi em termos gerais.

O neurofisiologista que está estudando o mecanismo da percepção, assim como o fisiologista que estuda o mecanismo da digestão ou da reprodução, baseia suas teorias no tipo mais sólido de dados que seu trabalho no laboratório pode proporcionar, a saber, naquilo que ele e seus colaboradores e assistentes podem ver a olho nu ou com a ajuda de instrumentos e no que podem ouvir, digamos, através de um contador Geiger. Entretanto, a teoria da percepção a que ele chega parece acarretar constitucionalmente a existência de uma brecha intransponível entre o que as pessoas, inclusive ele próprio, vêem ou ouvem e o que realmente ali está — uma brecha tão larga que ele visivelmente não tem e não pode ter provas laboratoriais de que exista qualquer correlação entre o que percebemos e o que realmente ali está. Se a sua teoria é verdadeira, então todos estamos sistematicamente impedidos de perceber as propriedades físicas e fisiológicas das coisas; e, no entanto, suas teorias baseiam-se nas melhores provas experimentais e observacionais acerca das propriedades físicas e fisiológicas de coisas como tímpanos e fibras nervosas. Enquanto trabalha no laboratório, o pesquisador faz o melhor uso possível de seus olhos e ouvidos; enquanto redige seus resultados, tem de exercer a censura mais severa possível sobre esses supostos testemunhos. Tem a certeza de que o que estes nos informam nunca pode ser verdade apenas porque o que lhe disseram no seu laboratório era da mais completa confiabilidade. A partir de um ponto de vista, compartilhado indistintamente por leigos e cientistas enquanto estão explorando o mundo, descobrimos o que existe pela percepção. A partir do outro ponto de vista, o do pesquisador do mecanismo de percepção, o que percebemos nunca coincide com o que está no mundo.

Deve-se assinalar uma ou duas características dessa situação embaraçosa. Em primeiro lugar, não se trata de uma controvérsia entre um fisiologista e outro. Sem dúvida, houve e há hipóteses e teorias fisiológicas antagônicas, entre as quais umas serão derrotadas por outras. Mas, aqui, a divergência não é entre duas ou mais descrições antagônicas do mecanismo da percepção, mas entre uma conclusão evidentemente inferível de *qualquer* descrição do mecanismo da percepção, por um lado, e a teoria comum cotidiana da percepção, por outro. Ou melhor, na verdade estou ampliando violentamente o significado da palavra "teoria" quando digo que a controvérsia é entre uma teoria fisiológica da percepção e uma outra teoria. Pois, quando usamos os olhos e os ouvidos, seja no jardim ou no laboratório, não estamos nos valendo de nenhuma teoria segundo a qual podemos descobrir as cores, formas, posições e outras características de objetos por meio da visão, audição, paladar e assim por diante. Descobrimos essas coisas ou então, às vezes, as captamos de modo errado, mas não o fazemos por obediência às instruções de qualquer teoria. Aprendemos a utilizar os olhos e a língua antes de sermos capazes de considerar a questão geral sobre se eles têm alguma utilidade; e continuamos a utilizá-los sem sermos influenciados pela doutrina geral de que têm utilidade, ou pela doutrina geral de que não têm utilidade.

Esse ponto é expresso, às vezes, quando se diz que o conflito é entre a teoria de um cientista e uma teoria do Bom Senso. Mas até isso pode induzir em erro. Em primeiro lugar, sugere que, ao usar os olhos e ouvidos, a criança está, afinal de contas, tomando o partido de uma teoria, só que uma teoria popular, amadorística e não formulada; e isso é completamente falso. A criança não está considerando de modo algum nenhuma questão teórica. Em segundo lugar, sugere também que a capacidade de descobrir coisas pela visão, pela audição, etc. depende ou é parte do bom senso, tendo essa expressão sua conotação usual de uma espécie e um grau particulares de criteriosidade não treinada para enfrentar contingências práticas ligeiramente incomuns. Não demonstro bom senso ou a falta dele quando uso garfo e faca. Mostro-o ao lidar com um patife ou ao enfrentar um defeito mecânico sem dispor das ferramentas apropriadas.

Conseqüências aparentemente inevitáveis da descrição da percepção por um fisiologista parecem demolir não só as credenciais de alguma outra teoria da percepção, mas as credenciais da própria percepção; ou seja, rejeitar não apenas alguma suposta opinião sustentada por todos os homens comuns sobre a confiabilidade de seus olhos e ouvidos, mas os seus próprios olhos e ouvidos. Esse evidente conflito, portanto, não deve ser descrito como um conflito entre uma teoria e outra teoria mas, antes, como um conflito entre uma teoria e uma trivialidade, entre o que foi minuciosamente considerado por certos especialistas e o que cada um de nós só pode ter aprendido pela experiência, entre uma doutrina e um caso de saber comum.

Consideremos, em seguida, um tipo muito diferente de dilema. Todos sabem que, se uma criança não for educada de forma adequada, provavelmente não se comportará adequadamente quando crescer, e, se for criada de forma adequada, é muito provável que tenha uma conduta adequada quando adulta. Todos também sabem que, embora certas ações de lunáticos, epilépticos, cleptomaníacos e homens prestes a se afogar sejam lamentáveis, elas não são repreensíveis nem, é claro, louváveis, ao passo que essas mesmas ações, quando cometidas por um adulto normal numa situação normal, são lamentáveis e repreensíveis. Entretanto, se a má conduta de uma pessoa reflete sua má criação, parece seguir-se que a culpa não é dela, mas de seus pais — e depois, é claro, sucessivamente, de seus avós, de seus bisavós e, no fim, de absolutamente ninguém. Sentimos claramente que uma pessoa pode ser feita *moral* e que não pode ser *feita* moral, e, no entanto, que ambas as coisas não podem ser verdadeiras. Quando se consideram os deveres dos pais, não se tem a menor dúvida de que serão culpados se não moldarem a conduta, os sentimentos e pensamentos de seu filho. Quando se considera o comportamento do filho, não temos dúvidas de que ele, e não os pais, deve ser responsabilizado por algumas das coisas que faz. A nossa resposta a um dos problemas parece excluir a nossa resposta ao outro, e depois, num segundo passo, parece excluir a si própria. Somos confundidos de modo em parte semelhante se substituirmos seus pais por Hereditariedade, Meio Ambiente, Destino ou Deus.

Há uma característica dessa confusão que é mais pronunciada do que no caso do dilema anterior referente à percepção, ou seja, o fato de ser muito comum, aqui, uma mesma pessoa sentir vínculos igualmente poderosos de adesão a ambas as posições, aparentemente discrepantes. Às segundas, quartas e sextas, ela tem certeza de que a vontade é livre; às terças, quintas e sábados, tem a certeza de que explicações causais para ações podem ser encontradas ou até já são conhecidas. Mesmo que faça o possível para repudiar um ponto de vista em favor do outro, suas declarações de convicção emitem um som que é alto por ser vazio. Em seu íntimo, preferiria dizer que sabe que os dois pontos de vista são verdadeiros a dizer que sabe que as ações não têm explicações causais, ou que sabe que as pessoas nunca são responsáveis pelo que fazem.

Uma outra característica notável de sua confusão é esta. As soluções antagônicas do mesmo problema clamam por reforços. As provas ou as razões a favor de uma hipótese evidentemente ainda não serão bastante fortes se as provas ou as razões a favor das suas antagônicas ainda tiverem alguma força. Se houver alguma coisa a ser dita a favor delas, é porque ainda não se disse o suficiente a favor da primeira. É preciso então encontrar mais provas e melhores razões.

Mas neste dilema lógico que estamos considerando, e em todos os dilemas que iremos considerar, cada uma das posições aparentemente irreconciliáveis pode ter todo o apoio que alguém poderia desejar para ela. Ninguém quer que sejam colhidas mais provas a favor da proposição de que crianças bem-educadas tendem a comportar-se melhor do que crianças mal-educadas; tampouco a favor da proposição de que algumas pessoas às vezes se comportam de maneira repreensível. Certos tipos de controvérsias teóricas, como as que iremos considerar, serão resolvidas não por qualquer corroboração interna dessas posições, mas por uma arbitragem de tipo muito diferente — não, por exemplo, pondo as minhas cartas na mesa através de mais pesquisas científicas, mas por investigações filosóficas. A nossa preocupação não é com competições mas com litígios entre linhas de pensamento, onde o que está em jogo não é qual ganhará ou qual perderá uma corrida, mas quais são seus direitos e obrigações recíprocos e também diante de todas as outras possíveis posições de queixa e contestação.

Nas duas controvérsias que consideramos até agora, as teorias ou linhas de pensamento conflitantes eram, de um modo geral, opiniões acerca do mesmo assunto, isto é, o comportamento humano num caso e a percepção no outro. Mas não eram soluções antagônicas da mesma questão sobre o mesmo assunto. A proposição de que as pessoas tendem a comportar-se tal como foram treinadas a se comportar é, talvez, uma resposta um tanto truística à questão: "Que diferenças são constituídas numa pessoa pelas repreensões e elogios que recebeu, pelos exemplos que lhe foram dados, pelos conselhos, sermões e castigos que lhe foram ministrados, e assim por diante?". Mas a proposição de que um comportamento é repreensível é uma generalização das respostas a perguntas do tipo: "A pessoa estava errada em agir como agiu, ou o fez sob coação ou num ataque epiléptico?".

Do mesmo modo, a proposição de que podemos descobrir coisas pela visão, outras pela audição, mas nenhuma através de sonhos, adivinhações, fantasias ou reminiscências não é uma resposta, verdadeira ou falsa, à pergunta: "O que é o mecanismo de percepção?". Trata-se, antes, de uma generalização rasa das respostas a questões como: "Como você descobriu que o relógio tinha parado?" ou "que a tinta estava fresca?".

Num sentido lato da palavra "história" pode haver duas ou vinte espécies muito diferentes de histórias sobre o mesmo assunto, cada uma delas podendo ser sustentada pelas melhores razões possíveis para uma história dessa espécie; e, no entanto, a aceitação de uma dessas histórias parece requerer, às vezes, a total rejeição de pelo menos uma das outras, não meramente como uma história errada de sua espécie, mas como uma espécie errada de história. Suas credenciais, embora excelentes em seu gênero, não são válidas por serem de um gênero que não é válido.

Quero ilustrar agora essa noção de litígio entre teorias ou corpos de idéias com um outro exemplo muito conhecido, a fim de destacar alguns outros pontos importantes. No século XVIII e novamente no século XIX, o avanço impressionante da ciência pareceu envolver um correspondente recuo da religião. A mecânica, a geologia e a biologia eram interpretadas como desafios à crença religiosa. Estava em curso, pensava-se, uma competição por um prêmio que a religião perderia se fosse conquistado pela ciência. Podemos ver, em retrospecto, que grande parte do impulso da filosofia na primeira metade do século XVIII e na segunda metade do século XIX proveio justamente da seriedade dessas disputas.

As afirmações iniciais eram simples. Os teólogos argumentavam que não havia verdade na física de Newton, na geologia de Lyell ou na biologia de Darwin. Os defensores das novas ciências argumentavam, por sua vez, que não havia verdade na teologia. Após um ou dois assaltos, os dois lados recuaram quanto a certos pontos. Os teólogos deixaram de defender o método do Bispo Ussher para fixar a idade da Terra e admitiram que, digamos, o método de Lyell era, em princípio, o correto. As questões geológicas não podiam ser respondidas a partir de premissas teológicas. Mas, inversamente, imagens como a do biólogo T. H. Huxley, que descrevia o homem como um enxadrista jogando contra um adversário invisível, acabaram sendo consideradas exemplos não de boa especulação científica mas de má especulação teológica. Esta não tinha o menor vestígio de fundamento experimental. Não era uma hipótese física, química ou biológica. Sob outros aspectos, perdia ao ser comparada com a imagem cristã. Não era apenas desprovida de base, mas também um tanto barata, ao passo que a imagem cristã, qualquer que fosse a sua base, além de não ser barata ensinava as distinções entre o que era barato e o que era precioso. No começo, os teólogos não suspeitaram de que as questões geológicas ou biológicas não tinham continuidade com as questões teológicas; e muitos cientistas tampouco suspeitavam de que as questões teológicas não tinham continuidade com as questões geológicas ou biológicas. Não havia uma cerca visível ou tangível entre suas questões. Supunha-se que a especialização num campo implicasse as técnicas de lidar com problemas no outro.

Este exemplo mostra não só como teóricos de um tipo podem inadvertidamente comprometer-se com proposições pertencentes a outra área muito diferente de pensamento, mas também o quanto lhes é difícil, mesmo depois de iniciada a controvérsia interteorias, perceber onde devem ser colocados os avisos de "Passagem proibida". No campo dos conceitos, só uma série de denúncias bem-sucedidas e mal-sucedidas de ultrapassagem basta para determinar as fronteiras e os direitos de passagem.

Há um outro ponto importante revelado por essa contenda histórica, mas ainda não arcaica, entre teologia e ciência. Seria uma simplificação grosseira e exagerada, ainda que momentaneamente útil, supor que a teologia visa fornecer a resposta apenas a uma questão sobre o mundo, ao passo que a geologia, digamos, ou a biologia procura fornecer a resposta apenas a uma outra questão, diferente, a respeito do mundo. Os funcionários do serviço de passaportes talvez tentem obter a resposta para uma pergunta de cada vez, e suas perguntas são impressas em formulários e numeradas por ordem serial. Mas um teórico não se defronta com apenas uma questão, nem mesmo com uma lista de questões numeradas em ordem serial. Ele se depara com um emaranhado de questões sinuosas, interligadas e ardilosas. Muitas vezes, não tem idéia clara sobre quais são suas questões, até que esteja em vias de respondê-las. Não sabe, na maioria das vezes, nem mesmo qual é o padrão geral da teoria que está tentando construir, muito menos quais são as formas e interligações precisas das questões que a compõem. Com freqüência, como veremos, tem a esperança e, por vezes, é iludido pela esperança de que o padrão geral de sua teoria ainda rudimentar seja semelhante ao de alguma teoria respeitável que, num outro campo, já foi concluída ou está perto de sua conclusão para evidenciar sua arquitetura lógica. Nós, conhecedores *a posteriori*, podemos dizer em retrospecto: "Esses teóricos briguentos deviam ter percebido que algumas das proposições que estavam defendendo e contestando não pertenciam a histórias divergentes do mesmo padrão geral, mas a histórias não divergentes de padrões altamente díspares." Mas como poderiam ter visto isso? Diferentemente das cartas de baralho, os problemas e as soluções de problemas não têm suas seqüências e denominações impressas na frente. Só numa fase adiantada do jogo o pensador pode saber até quais eram os trunfos.

Existem, por certo, alguns domínios do pensamento entre os quais a ultrapassagem inadvertida de fronteiras não ocorreria facilmente. Os problemas do Juiz da Suprema Corte ou do criptógrafo são tão bem delimitados com relação aos do químico ou do navegador, que seríamos levados a rir de quem pretendesse seriamente resolver problemas jurídicos pela eletrólise ou solucionar códigos cifrados pela radiolocalização, mas não rimos dos programas de "ética evolucionista" ou "teologia psicanalítica". E embora saibamos perfeitamente que os métodos de radiolocalização não poderiam ser aplicados aos problemas do criptógrafo, pois estes são questões de tipo diferente, mesmo assim não dispomos de um modo rápido ou fácil de classificar em categorias distintas as questões da criptografia e as da navegação. As questões dos criptógrafos não são apenas de uma espécie, mas de múltiplas espécies. O mesmo ocorre com os navegadores. Entretanto, todas as questões criptográficas, ou a maioria delas, diferem tão amplamente de todas as questões de navegação, ou de maioria delas, não só quanto ao assunto, mas também quanto ao estilo lógico, que não deveria nos surpreender que alguém, igualmente bem treinado em ambas as disciplinas, se mostrasse capaz de pensar com eficácia e agilidade num dos campos, enquanto no outro revelasse morosidade e ineficácia. Um bom Juiz da Suprema Corte poderia, do mesmo modo, ser um pensador medíocre em matéria de pôquer, álgebra, finanças e aerodinâmica, por mais que estivesse informado sobre as respectivas terminologias e técnicas. As questões que pertencem a diferentes domínios do pensamento freqüentemente diferem não só quanto aos tipos de assunto a que se referem mas também quanto aos tipos de pensamento que requerem. Assim, a classificação de questões segundo seus tipos exige algumas discriminações muito delicadas de certas características muito impalpáveis.

Parte da questão geral que estou tentando expressar é colocada, às vezes, dizendo-se que os termos ou conceitos que participam das questões, afirmações e argumentos referentes, digamos, ao Juiz da Suprema Corte são de "categorias" diferentes daquelas em que se inserem os termos ou conceitos do químico, do financista ou do enxadrista. Assim, respostas divergentes a uma mesma questão, embora dadas em termos diferentes, ainda seriam em termos cognatos da mesma categoria ou conjunto de categorias, ao passo que não haveria divergência entre respostas a diferentes questões, uma vez que os termos em que essas questões fossem formuladas seriam, eles próprios, de outras categorias. Esse idioma pode ser útil como uma mnemônica familiar com algumas associações proveitosas. Também pode ser um obstáculo, se creditado com as virtudes de uma chave-mestra. Acho que vale a pena nos determos na análise da palavra "categoria", mas não pela razão usual, ou seja, de que existe um modo preciso e profissional de usá-la, que, à semelhança de uma chave-mestra, abrir-nos-á todas as nossas fechaduras; mas, antes, pela razão incomum de que há um modo inexato e amadorístico de usá-la, em que, à semelhança de um martelo de mineiro, baterá satisfatoriamente nas portas que desejamos que se abram para nós. Isso não responde a nenhuma das nossas questões, mas pode fazer com que o interesse das pessoas seja despertado para as questões de uma forma adequadamente brusca.

Aristóteles, para alguns excelentes propósitos que lhe eram próprios, elaborou um inventário de uns dez títulos de questões elementares que podem ser formuladas acerca de uma coisa ou pessoa, considerada individualmente. Podemos perguntar de que tipo é, que aspecto tem, qual sua estatura, largura ou peso, onde está, quais suas datas, o que está fazendo, o que lhe está sendo feito, em que condições se encontra, e mais uma ou duas outras coisas. A cada uma dessas questões corresponde uma série de possíveis termos-respostas, entre os quais, em geral, um será verdadeiro e os demais serão falsos a respeito do indivíduo em causa. Os termos que satisfazem uma dessas interrogações não serão respostas, verdadeiras ou falsas, para qualquer uma das outras. "158 libras" não nos informa nem desinforma acerca do que Sócrates está fazendo, onde ele está ou que espécie de criatura ele é. Diz-se então que termos que satisfazem a mesma interrogação são da mesma categoria; os termos que satisfazem diferentes interrogações são de diferentes categorias.

Ora, deixando-se de lado o fato de que o inventário de Aristóteles de possíveis interrogações sobre um indivíduo pode conter redundâncias e certamente é capaz de se expandir indefinidamente, cabe assinalar o fato muito mais importante de que apenas uma fração minúscula de perguntas suscetíveis de serem formuladas são pedidos de informações acerca dos indivíduos apontados. Que perguntas, por exemplo, são feitas por economistas, estatísticos, matemáticos, filósofos ou gramáticos que seriam respondidas, verdadeira ou falsamente, por enunciado do padrão "Ele é um canibal" ou "Está fervendo agora"?

Alguns aristotélicos fiéis, que como todos os fiéis ossificam os ensinamentos de seus mestres, trataram a sua lista de categorias como se ela fornecesse os escaninhos em um ou outro dos quais poderia e deveria ser alojado cada termo usado ou utilizável no discurso técnico ou não técnico. Cada conceito deve ser da Categoria I ou da Categoria II ou... da Categoria X. Mesmo em nossos dias há pensadores que, em vez de considerarem esse suprimento de escaninhos intoleravelmente exíguo, acham-no gratuitamente pródigo, e estão prontos a dizer sobre qualquer conceito que se apresente: "É uma Qualidade? Se não é, então deve ser uma Relação." Em oposição a esses pontos de vista, bastaria apresentar este desafio: "Em qual dos seus dois ou dez escaninhos você encaixaria os seis termos seguintes, escolhidos ao acaso apenas do glossário do *Contract Bridge*, a saber: 'singleton', 'trump', 'vulnerable', 'slam', 'finesse' e 'revoke'?'' Os vocabulários do direito, da física, da teologia e da crítica musical não são mais pobres do que o do Bridge. A verdade é que não há apenas dois ou apenas dez diferentes *métiers* lógicos acessíveis aos termos ou conceitos que empregamos no discurso corrente e técnico, há um número infinitamente grande desses *métiers* diferentes e infinitamente grande de dimensões dessas diferenças.

Escolhi os seis termos do Bridge, '*singleton*', '*trump*', '*vulnerable*', '*slam*', '*finesse*' e '*revoke*', porque nenhum deles se encaixará em qualquer dos dez escaninhos de Aristóteles. Mas também devemos assinalar agora que, embora todos esses termos pertençam ao jargão especializado de um único jogo de cartas, nenhum deles, num sentido ampliado de "categoria", é da mesma categoria de qualquer dos outros cinco. Podemos perguntar se uma carta é de ouros, espadas, paus ou copas, mas não se uma carta é "seca" (*singleton*) ou "trunfo" (*trump*); nem se um jogo (*game*) terminou num *slam* ou num *revoke*; tampouco se um par de jogadores está vulnerável ou é um *finesse*. Nenhum dos termos é um co-membro de um conjunto "ou... ou" com qualquer dos outros. A mesma coisa se dá com a maioria dos termos, embora naturalmente não com todos eles, que poderíamos escolher ao acaso dos glossários dos financistas, ecologistas, cirurgiões, mecânicos de automóveis e legisladores.

Daí se segue diretamente que nem as proposições que consubstanciam tais conceitos nem as questões que seriam respondidas, verdadeira ou falsamente, por tais proposições admitem ser introduzidas de forma automática num registro composto de antemão de gêneros ou tipos lógicos. Quando podemos inscrever fácil e prontamente sentenças exemplares como sendo deste ou daquele modelo gramatical registrado, não dispomos de um registro correspondente de padrões lógicos, sendo que uma referência direta a eles nos habilitaria, sem muita dificuldade, a realizar a análise lógica de proposições e questões. Por mais perspicaz que seja, o lógico que não conhece as regras do bridge não pode descobrir, mediante simples exame, o que está e o que não está implícito numa declaração como "O Norte passa". Ao que lhe é dado dizer por um mero exame, essa sentença pode estar fornecendo informação da mesma qualidade da que lhe é oferecida pela declaração: "O Norte tossiu."

Vamos juntar os fios. Às vezes, os pensadores divergem entre si, não porque suas proposições sejam conflitantes, mas porque os seus autores imaginam que o sejam. Eles próprios supõem estar dando, pelo menos por implicação indireta, respostas antagônicas às mesmas questões, quando não é esse realmente o caso. Está havendo conflito. Pode ser conveniente caracterizar esses conflitos dizendo que os dois lados, em certos pontos, articulam seus argumentos com base em conceitos de diferentes categorias, embora suponham que os estão articulando com base em diferentes conceitos da mesma categoria, ou vice-versa. Mas isso é apenas conveniente. Fica ainda por mostrar que as discrepâncias são discrepâncias desse tipo geral, e isso só pode ser feito mostrando-se em detalhe como os *métiers* em raciocínio dos conceitos sob pressão são mais dissemelhantes ou menos dissemelhantes do que os competidores inadvertidamente supuseram.

Meu objetivo nas páginas seguintes é examinar um certo número de espécimes do que interpreto como litígios e não meras divergências entre teorias ou linhas de pensamento, e destacar tanto o que parece estar em jogo nessas disputas quanto o que realmente está em jogo. Também tentarei expor que tipos de considerações podem e devem resolver as reais alegações e contra-alegações.

Mas tenho uma justificativa a oferecer para esse programa e um desmentido a fazer a seu respeito. O sr. Tarner, que fez a doação com a qual estas conferências são financiadas, desejava que os conferencistas escolhidos discutissem "A Filosofia das Ciências e as relações ou carência de relações entre os diferentes departamentos do Saber". Ele esperava, suponho, que nos pronunciaríamos principalmente pela carência de relações — um caso de não-sentimentalismo que acho agradavelmente adstringente.

Ora, eu teria provavelmente acatado com mais fidelidade os desejos do sr. Tarner se tivesse, como a maioria dos meus predecessores, optado por discutir algumas das controvérsias em que estão envolvidas duas ou mais das ciências credenciadas. Ouvi rumores, por exemplo, de disputas pela soberania entre as ciências físicas e biológicas, e de disputas por fronteiras entre psicólogos e juízes. Mas não estou qualificado para tentar arbitrar nessas disputas pelo simples impedimento da ignorância técnica. Não tenho conhecimentos diretos, e os tenho pouquíssimos em segunda mão, das idéias especializadas em que esses sistemas de pensamento se apóiam. Aprendi há muito tempo a duvidar da sagacidade inata de filósofos quando discutem detalhes técnicos que não aprenderam a manusear em sua profissão, tal como em épocas passadas aprendi a duvidar dos juízos e opiniões daqueles críticos de caminho de sirga que nunca deram uma remada na vida. Os árbitros devem certamente ser neutros, mas também devem conhecer por dentro aquilo a favor do que ou contra o que os contendores lutam tão ardentemente.

Não estou tão compungido assim, entretanto, quanto a essas minhas limitações. Em primeiro lugar, os dilemas teóricos que examinarei provavelmente se parecem, em alguns aspectos importantes, com certos dilemas mais esotéricos que devo passar por alto. Se posso lançar alguma luz sobre os assuntos que discutirei, parte dessa luz talvez se reflita sobre assuntos a cujo respeito ficarei calado. Em segundo lugar, e o que é mais importante, suspeito de que os mal-entendidos mais radicais entre as teorias de especialistas derivam dos ardis lógicos, não dos conceitos altamente técnicos nelas empregados, mas, pelo contrário, dos conceitos subjacentes não técnicos empregados tanto nessas teorias quanto no pensamento de qualquer outra pessoa. Viajantes diferentes usam veículos de construções altamente complexas e de modelos muito diferentes para todos os múltiplos fins de suas viagens muito diferentes; e, no entanto, todos eles utilizam as mesmas rodovias e recorrem às mesmas sinalizações. Mais ou menos do mesmo modo, os pensadores podem usar todos os tipos de conceitos especialmente criados para seus numerosos propósitos, mas ainda assim terão de utilizar os mesmos conceitos. Também é comum o viajante ter dúvidas e cometer equívocos a respeito de seu rumo, não porque haja alguma coisa funcionando mal em seu veículo particular, mas porque a via pública está cheia de armadilhas. Ela engana o motorista da limusine exatamente do mesmo modo como engana o humilde ciclista ou quem a percorre a pé.

O desmentido que desejo fazer acerca do meu programa é este. Declarei que, quando as posições intelectuais são conflitantes da maneira como descrevi e ilustrei esquematicamente, a solução do conflito não pode provir de qualquer corroboração interna das respectivas posições. O tipo de pensamento que promove a biologia não é o tipo de pensamento que resolve as argumentações e contra-argumentações entre a biologia e a física. Essas questões interteorias não são questões internas a essas teorias. Não são questões biológicas ou físicas. São questões filosóficas.

Ora, eu diria que o meu título suscitou a expectativa, talvez a esperança, talvez o temor, de que eu discutisse algumas das disputas que surgiram entre uma escola filosófica e outra escola filosófica — a polêmica, por exemplo, entre Idealistas e Realistas, ou a *vendetta* entre Empiristas e Racionalistas. Mas não tentarei envolvê-los nessas diferenças domésticas. Eu próprio não estou interessado nelas. Não têm a menor importância.

Mas, ao dizer que essas diferenças tão apregoadas não têm importância, não estou dizendo que todos os filósofos sejam realmente concordes. Estaria mais perto da verdade, alegra-me dizê-lo, a afirmação de que eles raras vezes têm a mesma visão, quando são realmente bons e estão discutindo questões vivas, e não questões mortas. Uma questão viva é um campo onde ninguém sabe que direção tomar. Como não há caminhos, não há caminhos a compartilhar. Onde há caminhos a compartilhar, existem caminhos; e os caminhos são memoriais da vegetação rasteira já desbravada.

Não obstante, embora os filósofos sejam e devam ser pessoas eminentemente críticas, suas controvérsias não são subprodutos de lealdade a um grupo ou a uma escola de pensamento. É claro que existem no nosso meio e dentro de nossas peles discípulos, caçadores de heresias e cabos eleitorais em abundância; só que esses não são filósofos, mas alguma outra coisa, que responde pelo mesmo nome tão sofrido. Karl Marx foi suficientemente sábio para negar a censura de que era um marxista. Assim, Platão também foi, em meu entender, um platônico muito pouco idôneo. Era filósofo demais para pensar que qualquer coisa que tivesse dito fosse a última palavra. Foi deixado a seus discípulos identificarem suas pegadas com o seu destino.

II

"ERA PARA SER"

Quero iniciar agora, sem mais delongas, a apresentação e a discussão plena de um dilema concreto. É um dilema que, espero, tem ocasionalmente incomodado todos nós, embora, em sua forma mais simples, não com muita freqüência nem por muito tempo de cada vez. Mas está ligado a dois outros dilemas, que, provavelmente, já causaram sérias preocupações a quase todos nós. Em sua forma pura, não foi seriamente examinado por qualquer filósofo ocidental importante, embora os estóicos recorressem a ele em certos pontos. Era, porém, um ingrediente nas discussões da doutrina teológica da Predestinação, e suspeito que exerceu uma influência subreptícia sobre alguns dos defensores e adversários do Determinismo.

Ontem à noite num certo momento eu tossi, e ontem à noite num certo momento fui para a cama. Portanto, no sábado era verdade que no domingo eu tossiria num dado momento e iria para a cama no outro. De fato, era verdade há mil anos que, em certos momentos de um certo domingo, mil anos depois, eu tossiria e iria para a cama. Mas se era verdade de antemão — para sempre de antemão — que eu iria tossir e iria para a cama nesses dois momentos de domingo, 25 de janeiro de 1953, então era impossível para mim não fazer isso. Haveria uma contradição na asserção conjunta de que era verdade que eu faria algo num certo momento e de que não o fiz. Esse argumento é perfeitamente geral. Seja o que for que alguém faça, seja o que for que aconteça em qualquer lugar a qualquer coisa, não poderia *não* ser feita ou acontecer se era verdadeiro de antemão que iria ser feita ou iria acontecer. Assim, tudo, inclusive tudo o que fazemos, foi definitivamente registrado em qualquer data anterior que se escolha. Tudo o que é, era para ser. Assim, nada do que ocorre poderia ser evitado e nada que não foi realmente feito teria possibilidade de ser feito.

Este ponto, que para tudo o que acontece era previamente verdadeiro que iria acontecer, é por vezes pitorescamente expresso dizendo-se que o Livro do Destino foi escrito na íntegra desde o começo do tempo. A ocorrência real de uma coisa é, por assim dizer, simplesmente a concretização de uma passagem que estava escrita desde sempre. Esse quadro levou alguns fatalistas a supor que Deus, se é que ele existe, ou nós próprios, se adequadamente favorecidos, podemos ter acesso a esse livro e avançar sua leitura. Mas isso é uma ornamentação fantasiosa do que é em si mesmo uma argumentação séria e aparentemente rigorosa. Podemos chamar-lhe "a argumentação fatalista".

Ora, a conclusão dessa argumentação baseada na verdade prévia, ou seja, que nada pode ser evitado, contraria frontalmente o conhecimento comum de que algumas coisas são culpa nossa, de que alguns desastres ameaçadores podem ser previstos e prevenidos, e de que existe uma ampla margem para precauções, planejamento e ponderação de alternativas. Mesmo quando dizemos hoje em dia que alguém nasceu para ser enforcado ou não nasceu para morrer afogado, dizemos isso como um arcaísmo jocoso. Na realidade, pensamos que depende muito da própria pessoa ser enforcada ou não, e a probabilidade de ela se afogar será maior se ela se recusar a aprender a nadar. Entretanto, nem mesmo nós somos inteiramente imunes à visão fatalista das coisas. Numa batalha, posso muito bem chegar à meia convicção de que existe em alguma parte, atrás das linhas inimigas, uma bala com meu nome inscrito nela, ou de que não existe nenhuma, de modo que buscar cobertura ou é inútil ou é desnecessário. Nos jogos de baralho e na mesa da roleta é fácil cair na disposição de espírito que favoreça a fantasia de que a nossa sorte ou o nosso azar estão, de algum modo, preestabelecidos, embora saibamos perfeitamente que é uma fantasia tola.

Mas como podemos negar que tudo o que acontece estava inscrito para acontecer desde o começo do tempo? O que há de errado na argumentação da verdade prévia a favor da inevitabilidade daquilo a cujo respeito as verdades prévias são previamente verdadeiras? Pois é logicamente impossível, por certo, uma profecia ser verdadeira e, no entanto, o evento profetizado não acontecer.

É preciso assinalar, antes de tudo, que a premissa da argumentação não requer que alguém, até mesmo Deus, *conheça* qualquer dessas verdades prévias ou, em termos pitorescos, que o Livro do Destino tenha sido escrito por alguém ou possa ter sido folheado por alguém. É justamente isso que distingue a pura argumentação fatalista da confusa argumentação teológica da predestinação. Esta última apóia-se na suposição de que Deus, pelo menos, tem conhecimento prévio do que vai acontecer, e talvez também o ordene previamente. Mas a pura argumentação fatalista gira apenas em torno do princípio de que era verdade que uma dada coisa aconteceria, antes de ela acontecer, ou seja, aquilo que é era para ser; não é que alguém soubesse que era para ser. Entretanto, mesmo quando nos esforçamos por manter esse ponto em mente, é muito fácil reinterpretar inadvertidamente esse princípio básico supondo que antes da coisa acontecer alguém sabia que estava registrada para acontecer. Pois existe algo de intoleravelmente vazio na idéia da preexistência eterna mas não corroborada de verdades no tempo futuro. Quando dizemos ''mil anos atrás era verdade que agora eu estaria dizendo o que sou'', fica tão difícil dar qualquer corpo àquilo que dizemos que então era verdade, que inadvertidamente o preenchemos com o corpo familiar de uma expectativa que alguém teve outrora, ou de um pré-conhecimento que alguém teve outrora. Entretanto, fazer isso é converter um princípio que estava preocupando porque, de certo modo, era totalmente truístico, numa suposição que não preocupa porque é quase histórica, inteiramente desprovida de evidência e, muito provavelmente, falsa.

Com muita freqüência, embora nem sempre, com certeza, quando dizemos "era verdade que..." ou "é falso que..." estamos comentando a respeito de algum pronunciamento ou opinião de alguma pessoa identificável. Às vezes, estamos comentando de um modo mais geral sobre uma coisa em que algumas pessoas, não identificadas e talvez não identificáveis, acreditaram ou acreditam agora. Podemos comentar sobre a crença no mauolhado sem que sejamos capazes de mencionar alguém que o tenha; sabemos que muitas pessoas o tiveram. Assim, podemos dizer "era verdade" ou "é falso" ao formular vereditos sobre os pronunciamentos de autores denominados e anônimos. Mas na premissa da argumentação fatalista, isto é, de que era verdade antes de algo acontecer que aconteceria, não há implicação de alguém, denominado ou anônimo, que tenha feito essa predição.

Resta uma terceira coisa que poderia ser denotada por "era verdade há mil anos que mil anos depois essas coisas estariam sendo ditas neste lugar", ou seja, que *se* alguém tivesse feito uma predição para esse efeito, embora, sem dúvida, ninguém a fizesse, teria acertado. Não é o caso de uma predição real que se tenha realizado, mas de uma predição concebível que se realizou. O evento não fez com que se realizasse uma profecia. Fez concretizar-se uma profecia que poderia-ter-sido.

Ou poderemos dizer até isso? Um alvo pode ser atingido por uma bala real, mas poderá ser atingido por uma bala que poderia-ter-sido? Ou deveríamos antes dizer apenas que poderia ter sido atingido por uma bala que poderia-ter-sido? Frases de ressonância histórica como "realizou-se", "concretizou-se" e "foi consumada" aplicam-se perfeitamente a predições realmente formuladas, mas há um desvio perceptível, que pode ser um desvio ilegítimo, ao dizer-se que uma predição que poderia-ter-sido realizou-se ou foi realizada pelo evento. Se um cavalo em que ninguém apostou ganha uma corrida, podemos dizer que ele teria ganho dinheiro para os seus apostadores, se tivesse havido algum. Mas não podemos dizer que ele ganhou dinheiro para os seus apostadores, se tivesse havido algum. Não existe resposta para a pergunta "Quanto dinheiro ele ganhou para os apostadores?". Correspondentemente, não podemos em sã consciência dizer de um evento que ele realizou as predições que poderiam ter sido feitas dele, mas apenas que ele teria concretizado quaisquer predições que poderiam ter sido feitas dele. Não há resposta para a pergunta "Dentro de que limites de precisão essas predições que poderiam-ter-sido foram corretas quanto ao momento e à intensidade da minha tosse?".

Consideremos as noções de verdade e falsidade. Ao caracterizar uma declaração de alguém, por exemplo, uma declaração formulada no tempo futuro, como verdadeira ou falsa, pretendemos geralmente, mas nem sempre, transmitir algo mais do que a ocorrência ou não-ocorrência do que foi previsto. Existe algo de censura ou de estigma em "falso" e algo de honroso e respeitável em "verdadeiro", uma certa sugestão da insinceridade ou sinceridade do seu autor, ou uma certa sugestão de sua temeridade ou de sua cautela como investigador. Isso se revela pela nossa relutância em caracterizar como verdadeiros ou falsos os palpites puros e confessos. Se damos um palpite sobre o vencedor de uma corrida, ele resultará certo ou errado, correto ou incorreto, mas dificilmente será verdadeiro ou falso. Esses epítetos são impróprios para palpites confessos, dado que, se um epíteto rende um tributo extra, o outro veicula uma crítica adversa extra, não sendo merecedor de uma coisa nem de outra. No palpite não há lugar para a sinceridade ou insinceridade, ou para a cautela ou temeridade na investigação. Dar um palpite não é dar uma garantia nem declarar o resultado de uma investigação. Quem dá palpite não é idôneo nem inidôneo.

Sem dúvida, às vezes empregamos o termo "verdadeiro" sem a intenção de qualquer conotação de confiabilidade e, com muito menos freqüência, o termo "falso" sem qualquer conotação de confiança imerecida. Mas, por uma questão de segurança, reformulemos a argumentação fatalista em função das palavras mais superficiais "correto" e "incorreto". O seu teor seria agora o que se segue. Para qualquer evento que ocorre, um palpite prévio, se alguém o tivesse dado, de que esse evento iria acontecer, teria sido correto, e um palpite prévio em contrário, se alguém o tivesse dado, teria sido incorreto. Esta formulação já soa menos alarmante do que a formulação original. A palavra "palpite" elimina a ameaça encoberta de conhecimento prévio, ou de haver repertórios de previsões anteriores, todas merecendo confiança antes do evento. O que dizer agora quanto à noção de serem corretos ou incorretos os palpites no tempo futuro?

Antes de se iniciar a maioria das corridas de cavalos, algumas pessoas têm o palpite de que um cavalo será o vencedor, outras de que será outro. Com muita freqüência, cada cavalo tem seus apostadores. Portanto, realizada a corrida e havendo o vencedor, alguns apostadores terão dado um palpite correto e outros, um palpite incorreto. Dizer que o palpite de alguém de que Eclipse ganharia estava correto é dizer, nem mais nem menos, que ele achou que Eclipse ganharia e Eclipse ganhou. Mas poderemos afirmar em retrospecto que seu palpite, que foi feito antes da corrida, já era correto antes da corrida? O apostador deu o palpite correto dois dias antes, mas o seu palpite estava correto durante esses dois dias? Certamente não estava incorreto durante esses dois dias, mas não se segue, embora possa parecer, que estava correto durante esses dois dias. Talvez não tenhamos certeza sobre o que dizer: que o seu palpite estivesse correto durante aqueles dois dias, embora ninguém o pudesse saber, ou apenas que, como veio a revelar-se, durante aqueles dois dias ele estivesse por se provar correto, isto é, a vitória que, no caso, tornou o palpite correto ainda não tinha acontecido. Uma profecia não estará cumprida enquanto não tiver acontecido o evento previsto. É justamente neste ponto que "correto" assemelha-se a "realizado" e difere de modo importante de "verdadeiro". As conotações honoríficas de "verdadeiro" podem certamente ligar-se às previsões de uma pessoa desde o momento em que são feitas, de modo que, se essas previsões resultam incorretas, embora retiremos a palavra "verdadeiras", não retiraremos necessariamente as honras que ela comportava. O estabelecimento da incorreção certamente cancela "verdadeiro", mas não, via de regra, de maneira tão violenta a ponto de nos inclinarmos a dizer "falso".

As palavras "verdadeiro" e "falso" e as palavras "correto" e "incorreto" são adjetivos, e esse fato gramatical nos induz a supor que veracidade e falsidade, correção e incorreção, e mesmo, talvez, realização e não-realização devem ser qualidades ou propriedades inerentes às proposições que elas caracterizam. Assim como o açúcar é doce e branco desde o momento em que passa a ter existência até o momento em que a deixa de ter, também somos tentados a inferir, por paridade de raciocínio, que a veracidade ou correção de predições e palpites devem ser características ou propriedades que pertencem o tempo todo a seus possuidores, quer possamos ou não detectar sua presença neles. Mas se considerarmos que "falecido", "pranteado" e "extinto" são também adjetivos, e no entanto certamente não se aplicam a pessoas ou a mastodontes enquanto existem mas somente depois que deixam de existir, poderemos sentir-nos mais cordiais para com a idéia de que "correto" é, de modo parcialmente semelhante, um epíteto meramente necrológico e de despedida, como o é "realizado", de maneira mais patente. É mais um veredito do que uma descrição. Assim, quando digo que se alguém tivesse tido o palpite de que Eclipse venceria a corrida de hoje seu palpite teria resultado correto, não estou dando mais informações sobre o passado do que o vespertino que noticia que Eclipse ganhou a corrida.

Quero agora voltar à conclusão fatalista, ou seja, de que como tudo o que é era para ser, nada pode, portanto, ser evitado. A argumentação parece compelir-nos a dizer que, como a verdade prévia requer o evento do qual é a previsão verdadeira, esse evento está, de algum modo desastroso, acorrentado a ou impulsionado por ou legado por essa verdade prévia — como se a minha tosse da noite passada fosse obrigada a ocorrer pela verdade prévia de que iria ocorrer, de certo modo, talvez, como os disparos de artilharia fazem as janelas chacoalharem por alguns momentos após a descarga. Que espécie de necessidade seria essa?

Para destacar isso, suponhamos, a título de contraste, que alguém apresentou a argumentação estritamente paralela de que, para tudo o que acontece, *posteriormente* é verdade para sempre que aquilo aconteceu.

Tossi a noite passada, logo é verdade hoje e será verdade daqui a mil anos que tossi a noite passada. Mas essas verdades posteriores no tempo passado não poderiam ser verdadeiras se eu não tivesse tossido. Portanto, a minha tosse era necessária ou obrigada a acontecer pela verdade dessas notícias posteriores a ela. É evidente que algo que nos perturbou na forma original da argumentação está faltando nessa nova forma. Aceitamos prazerosamente que a ocorrência de um evento envolve e é envolvida pela verdade de registros subseqüentes, reais ou concebíveis, no sentido de que ocorreu. Pois nem mesmo parece apresentar ou descrever a ocorrência como produto ou efeito dessas verdades a seu respeito. Pelo contrário, neste caso fica muito claro que é a ocorrência que torna verdadeiras as verdades posteriores a respeito dela, e não as verdades posteriores que fazem a ocorrência acontecer. Essas verdades posteriores são sombras projetadas pelos eventos, e não os eventos sombras projetadas por essas verdades acerca deles, porquanto estas últimas pertencem à posteridade, não à ancestralidade dos eventos.

Por que o fato de que uma verdade posterior sobre uma ocorrência requer que a ocorrência não nos preocupe do mesmo modo como o fato de que uma verdade anterior sobre uma ocorrência requer que a ocorrência nos preocupe? Por que o *slogan* "Tudo o que é sempre era para ser" parece implicar que nada pode ser evitado, quando o *slogan* inverso, "Tudo o que é sempre terá sido", não parece implicar a mesma coisa? Não nos afligimos pelo fato notório de que quando o cavalo já escapou é tarde demais para fechar a porta do estábulo. Às vezes nos afligimos pela idéia de que, como o cavalo ou vai escapar ou não vai escapar, fechar a porta do estábulo antecipadamente ou é inútil ou desnecessário. Uma grande parte da razão é que, ao pensar num predecessor que torna o seu sucessor necessário, assimilamos inadvertidamente a necessitação à necessitação causal. Disparos de canhões fazem as janelas chacoalharem alguns segundos depois, mas janelas que chacoalham não fazem os disparos de canhões acontecer alguns segundos antes embora possam ser um indício perfeito de que disparos aconteceram alguns segundos antes. Quer dizer, somos levados a pensar as verdades anteriores como *causas* dos acontecimentos a cujo respeito eram verdadeiras, quando a mera questão de suas datas relativas nos livra de pensar em acontecimentos como os efeitos daquelas verdades a respeito deles que são posteriores a eles. Os eventos não podem ser os efeitos de seus sucessores, tal como não podemos ser o fruto da nossa posteridade.

Assim, vamos considerar de maneira mais suspicaz as noções de *necessitação, execução, obrigação, exigência* e *envolvimento*, em torno das quais gira a argumentação. De que modo a noção de *exigência* (*requering*) ou *envolvimento* (*involving*) com que estivemos trabalhando se relaciona com a noção de *causação* (*causing*)?

É verdade que um apostador não pode adivinhar corretamente que Eclipse vencerá sem que Eclipse vença e, no entanto, é falso que seu palpite causou a vitória de Eclipse. Dizer que seu palpite de que Eclipse venceria foi correto envolve ou exige logicamente que Eclipse vença. Afirmar uma coisa e negar a outra seria contradizer-se. Dizer que o apostador teve o palpite certo é apenas dizer que o cavalo que ele apostou que venceria venceu. Uma asserção não pode ser verdadeira sem que a outra asserção seja verdadeira. Mas, nessa maneira pela qual uma verdade pode requerer ou envolver uma outra verdade, um evento não pode ser uma das implicações de uma verdade. Os eventos podem ser efeitos, mas não podem ser implicações. As verdades podem ser conseqüências de outras verdades, mas não podem ser causas de efeitos ou efeitos de causas.

De modo muito semelhante, a verdade de que alguém passou envolve a verdade de que tinha na mão pelo menos uma carta do naipe que comanda a vaza. Mas não foi forçado ou coagido a ter uma carta desse naipe na mão pelo fato de ter passado. Não podia ter passado e não ter uma carta desse naipe na mão, mas esse ''não podia'' não implica qualquer espécie de coação. Uma proposição pode implicar uma outra proposição, mas não pode colocar uma carta na mão de um jogador. As indagações, o que faz as coisas acontecerem, o que impede que elas aconteçam, e se podemos ou não evitá-las, em nada são afetadas pelo truísmo lógico de que uma declaração no sentido de que algo acontece é correta se e somente se isso acontece. Muitas coisas poderiam ter impedido Eclipse de ganhar a corrida; muitas outras coisas poderiam ter feito com que sua vitória fosse por uma vantagem muito maior. Mas uma coisa não teve a menor influência na corrida, ou seja, o fato de que, se alguém teve o palpite de que Eclipse venceria, teve o palpite correto.

Estamos agora em condições de separar uma proposição verdadeira indiscutível e muito tola de uma outra excitante mas inteiramente falsa, ambas parecendo ser transmitidas pelo *slogan* "O que é sempre era para ser". É uma verdade indiscutível e muito tola que, para tudo o que acontece, se alguém teve em qualquer momento prévio o palpite de que isso aconteceria, o seu palpite resultou correto. Os fatos gêmeos de que o evento não poderia ocorrer sem que esse palpite resultasse correto, e de que esse palpite não poderia resultar correto sem que o evento ocorresse, nada nos diz sobre como o evento foi causado, se poderia ter sido evitado, ou mesmo se poderia ter sido previsto com certeza ou probabilidade a partir do que tinha acontecido antes. A afirmação ameaçadora de que o que é era para ser, interpretada de uma única maneira, apenas nos diz a trivial verdade de que se é verdadeiro dizer (*a*) que algo aconteceu, então também é verdadeiro dizer (*b*) que essa afirmação original (*a*) é verdadeira, não importando quando este último comentário (*b*) sobre a afirmação anterior (*a*) possa ter sido feito.

A proposição excitante mas falsa que o *slogan* parece nos impor é que seja o que for o que acontece é inevitável ou destinado a acontecer, e, o que faz isso soar ainda pior, *logicamente* inevitável ou *logicamente* destinado a acontecer — de certo modo tal como é logicamente inevitável que o sucessor imediato de qualquer número par seja um número ímpar. Assim, o que significa "inevitável"? Uma avalancha pode ser, para todos os fins práticos, inevitável. Um montanhista surpreendido na trajetória direta da avalancha nada pode fazer para detê-la ou para sair do seu caminho, embora um providencial terremoto pudesse, concebivelmente, desviar o curso da avalancha ou um helicóptero pudesse içar o montanhista para fora da zona de perigo. A sua posição é muito pior, mas muito pior do que a de um ciclista que está meia milha de um vagaroso rolo compressor. É extremamente improvável que o rolo compressor possa alcançá-lo e, mesmo que o conseguisse, é extremamente provável que o seu condutor parasse ou que o próprio ciclista se desviasse a tempo. Mas essas diferenças entre as situações do montanhista e do ciclista só são diferenças de grau. A avalancha é praticamente inevitável mas não é logicamente inevitável. Só conclusões podem ser logicamente inevitáveis, dadas as premissas, e uma avalancha não é uma conclusão. A doutrina fatalista, ao contrário, diz que tudo é absoluta e logicamente inevitável de um modo em que a avalancha não é absoluta ou logicamente inevitável; que todos somos absoluta e logicamente impotentes quando até o desafortunado montanhista está apenas numa situação desesperada e o ciclista não está correndo perigo nenhum; que tudo está obrigado pela Lei da Contradição a tomar o curso que toma, tal como os números ímpares estão obrigados a suceder a números pares. Que espécie de restrições são essas restrições puramente lógicas?

Existe, por certo, um número infinitamente grande de casos de uma verdade que torna necessária a verdade de uma outra proposição. A verdade de que hoje é segunda-feira torna necessária a verdade da proposição de que amanhã é terça-feira. Não pode ser segunda-feira hoje e não ser terça-feira amanhã. Uma pessoa que dissesse "Hoje é segunda-feira mas amanhã não será terça-feira" estaria tomando com a mão esquerda o que tinha dado com a mão direita. Mas tal como algumas verdades acarretam outras verdades ou as tornam necessárias, os próprios eventos não podem tornar-se necessários por verdades. Coisas e eventos podem ser os tópicos de premissas ou conclusões, mas eles mesmos não podem ser premissas ou conclusões. Pode-se preceder uma declaração da palavra "portanto", mas não se pode associar um "portanto" ou um "talvez não" a uma pessoa ou a uma avalancha. É um paralelo parcial dizer que enquanto uma sentença pode conter ou não conter um infinitivo cindido, um acidente rodoviário não pode conter ou deixar de conter um infinitivo dividido*,

---

* Infinitivo dividido (*split infinitive*) é a designação dada na gramática inglesa à separação do infinitivo e da preposição *to* por um advérbio (por exemplo, he decided *to gradually change* his methods). (N.T.)

embora a ele se refiram muitas orações com ou sem infinitivo dividido. É verdade que uma avalancha pode ser praticamente inevitável e a conclusão de uma argumentação pode ser logicamente inevitável, mas a avalancha não tem — nem deixa de ter — a inevitabilidade da conclusão de uma argumentação. A teoria fatalista procura dotar os acontecimentos com a inevitabilidade das conclusões de argumentações válidas. A nossa familiaridade com a inevitabilidade prática de algumas coisas, como algumas avalanchas, ajuda-nos a aceitar a opinião de que realmente tudo o que acontece é inevitável, só que já não do modo como algumas avalanchas são inevitáveis e outras não, mas do modo como as conseqüências lógicas são inevitáveis, dadas as suas premissas. O fatalista tentou caracterizar acontecimentos por predicados que são próprios apenas às conclusões de argumentações. Ele tentou sinalizar a minha tosse com um Q.E.D.

Antes de recuar um pouco para extrair algumas lições desse dilema entre *o que é era para ser* e *algumas coisas que aconteceram podiam ter sido evitadas*, desejo examinar brevemente um outro ponto que talvez só tenha interesse para os filósofos profissionais. Se um engenheiro urbanista construiu uma rotatória onde havia cruzamentos perigosos, ele pode afirmar legitimamente que reduziu o número de acidentes nesse local. Pode dizer que inúmeros acidentes que, de outro modo, teriam ocorrido foram evitados por esse melhoramento viário. Mas vamos supor que peçamos a ele uma lista dos acidentes que evitou. Ele só poderá rir de nós. Se um acidente não aconteceu, não há como registrá-lo numa lista de "acidentes evitados". O nosso engenheiro poderá dizer que acidentes de tal e tal espécie, que costumavam ser freqüentes, agora são raros. Mas nunca poderá afirmar: "A colisão de ontem ao meio-dia entre este caminhão de bombeiros e aquela carrocinha de leiteiro nesta esquina felizmente foi evitada." Não houve tal colisão, de modo que ele não pode dizer "*Esta* colisão foi evitada." Generalizando, nunca podemos assinalar ou mencionar um determinado evento e dizer "Este evento foi evitado", e esse truísmo lógico parece induzir-nos a declarar "Nenhum evento pode ser evitado" e, por conseguinte, "Não adiante tentar garantir ou evitar que alguma coisa aconteça." Assim, quando tentamos dizer que algumas coisas que acontecem poderiam ter sido evitadas, que alguns afogamentos, por exemplo, não teriam ocorrido se suas vítimas tivessem aprendido a nadar, parecemos estar num singular dilema lógico. Podemos dizer que uma determinada pessoa não se teria afogado se tivesse sido capaz de nadar. Mas não podemos dizer que o seu lamentável afogamento teria sido evitado por aulas de natação. Pois se ela tivesse tomado aulas de natação não teria se afogado e, portanto, não teríamos tido como tema de discussão esse lamentável afogamento, a respeito do qual queremos dizer que *isso* teria sido evitado. Somos privados de qualquer "isso". As fatalidades evitadas não são fatalidades. Em suma, não podemos, em lógica, dizer a respeito de qualquer fatalidade que ela foi evitada — e isso soa como se disséssemos que é logicamente impossível evitar qualquer fatalidade.

A situação é paralela ao que se segue. Se meus pais nunca se tivessem encontrado, eu não teria nascido; e, se Napoleão tivesse sabido algumas coisas que ignorava, a batalha de Waterloo não teria sido travada. Assim, queremos dizer que certas contingências teriam impedido que eu nascesse e teriam evitado que a batalha de Waterloo fosse travada. Mas nesse caso não teria havido nenhum Gilbert Ryle e nenhuma batalha de Waterloo para os historiadores descreverem como um sujeito que não nasceu e uma batalha que não foi travada. O que não existe ou não acontece não pode ser denominado, individualmente indicado ou colocado numa lista, e não pode, portanto, ser caracterizado como tendo sido impedido de existir ou acontecer. Assim, embora estejamos certos quando dizemos que alguns tipos de acidentes podem ser evitados, não podemos expressar isso afirmando que esse acidente específico poderia ter sido evitado — não porque fosse de uma espécie inevitável mas porque tanto "evitável" quanto "inevitável" não são epítetos de ocorrências específicas, do mesmo modo como "existe" ou "não existe" não pode ser afirmado como predicado de coisas ou pessoas específicas. Como "não nascido" não pode, sem cair no absurdo, ser epíteto de uma pessoa denominada, "nascido" também não pode ser, sem se incorrer numa extravagante redundância, um epíteto dela. A pergunta "Você nasceu ou não?" é absurda, salvo se apólices especiais de seguro estiverem sendo cobradas. A quem se poderia perguntar isso? Também não se poderia perguntar se a batalha de Waterloo foi travada ou não. Que ela aconteceu concorda com o fato de termos um *isso* sobre o qual falar. Seria impossível organizar uma lista de batalhas que não foram travadas, e uma lista de batalhas travadas conteria apenas o que contém uma lista de batalhas. A pergunta "Poderia a batalha de Waterloo não ter sido travada?", considerada sob um certo aspecto, é uma pergunta absurda. Entretanto, o seu absurdo é algo bem diferente da falsidade de que as decisões estratégicas de Napoleão lhe foram impostas pelas leis da lógica.

Desconfio de que alguns de nós sentimos que a doutrina fatalista é incontestada na medida em que não se encontrou remédio para o cheiro de artimanha lógica que paira em volta de argumentos como "Acidentes podem ser evitados; logo, *este* acidente podia ter sido evitado" ou "Eu posso conter o meu riso; logo, eu podia ter contido *esse* frouxo de riso." Pois não teria havido nenhum frouxo de riso, e portanto não *esse* frouxo de riso, se eu tivesse me contido. Logicamente, eu não podia ter contido *esse*. Pois *esse* foi um frouxo de riso incontido. O fato de que ele ocorreu já está contido na minha alusão a "esse frouxo de riso". Assim, produz-se uma espécie de contradição quando tento dizer que o frouxo de riso precisa não ter ocorrido. Tal contradição não acontece quando digo: "Não tive nenhum frouxo de riso." É o demonstrativo *"esse..."* que se recusa a casar com "... não ocorreu" ou "poderia não ter ocorrido".

Este ponto parece-me destacar uma diferença importante entre verdades anteriores e verdades posteriores, ou entre profecias e crônicas. Depois de 1816, podiam existir declarações verdadeiras e falsas mencionando a batalha de Waterloo no tempo passado. Depois de 1900, podiam existir declarações falsas e verdadeiras nos tempos presente e passado mencionando a mim. Mas antes de 1815 e de 1900 não poderia haver declarações verdadeiras ou falsas fazendo menção individual à batalha de Waterloo ou a mim, e isso não só porque os nossos respectivos nomes ainda não tinham sido dados, nem por não haver ninguém suficientemente equipado para prever o futuro em grande detalhe, mas por alguma outra razão recôndita. A previsão de um evento pode, em princípio, ser tão específica quanto se queira. Não importa se, de fato, nenhum previsor pudesse saber ou acreditar racionalmente na veracidade de sua previsão. Se dotado de uma viva imaginação, poderia engendrar livremente uma história no tempo futuro com todos os tipos de minúcias, e essa elaborada história poderia vir a ser verdadeira. Mas uma coisa ele não poderia fazer — não poderia fazer logicamente, e não apenas epistemologicamente. Ele não poderia adotar os próprios eventos futuros como heróis ou heroínas de sua história, uma vez que, enquanto ainda é uma pergunta formulável se uma batalha será ou não travada em Waterloo em 1815, não pode usar com sua força normal a frase "a batalha de Waterloo" ou o pronome "isso". Embora seja ainda uma pergunta formulável se os meus pais vão ter um quarto filho, o previsor não pode usar como um nome o nome "Gilbert Ryle" ou usar como pronome designando o quarto filho deles o pronome "ele". De modo geral, as declarações no tempo futuro não podem transmitir proposições singulares, mas apenas gerais, ao passo que as declarações nos tempos presente e passado podem transmitir ambas. Mais estritamente, uma declaração no sentido de que algo existirá ou acontecerá é, em *certa medida,* uma declaração geral. Quando prevejo o próximo eclipse da lua, tive efetivamente a lua para formular uma declaração a seu respeito, mas não tive o seu próximo eclipse para formular declarações sobre ele. Talvez seja essa a razão pela qual os romancistas nunca escrevem no tempo futuro, mas somente no tempo passado. Não poderiam sequer obter as aparência de seus heróis e heroínas para usar em sua ficção profética, uma vez que o tempo futuro de suas pseudonarrativas supostamente proféticas deixaria em aberto para seus personagens a possibilidade de não nascer. Mas como a minha frase "não tive isso para formular declarações a respeito" agita um enxame de marimbondos lógicos, despeço-me desse assunto por agora.

Resolvi começar com este dilema particular para um exame moderadamente sistemático por duas ou três razões interligadas. Mas não o fiz pela razão de que a questão seja ou tenha sido de suprema importância no mundo ocidental. Nenhum filósofo de primeira ou segunda categoria defendeu o fatalismo ou deu-se ao trabalho de o atacar. Nem a religião nem a ciência pretendem isso. Doutrinas tanto da esquerda quanto da direita nada emprestaram dele. Por outro lado, todos nós temos os nossos momentos fatalistas; todos nós sabemos intimamente o que significa olhar o curso dos acontecimentos como o desenrolar contínuo de um pergaminho escrito desde o começo do tempo e que não admite acréscimos ou emendas. Entretanto, embora saibamos o que significa alimentar essa idéia, ela não nos provoca qualquer entusiasmo. Não somos fanáticos secretos por ela ou contra ela. Mas também estamos conscientes, quase o tempo todo, de que a argumentação é para eles difícil de refutar, confiando de bom grado em que as conclusões fatalistas são falsas. O resultado é que podemos estudar a questão com o espírito de que vai ao teatro com intenção crítica, e não de eleitores cujos votos estão sendo solicitados. Não é uma questão candente. Essa é uma das razões por que comecei por ela.

Depois, a questão tem sido tão pouco debatida pelos pensadores ocidentais, que fiquei livre para formular por mim mesmo não só o que me parece serem os passos falsos da argumentação fatalista a partir da verdade prévia, mas até a própria argumentação. Não tive que recapitular uma tradicional controvérsia entre escolas filosóficas, uma vez que não havia quase nenhuma controvérsia, como houvera, notoriamente, em torno da Predestinação e do determinismo. Vocês sabem, a partir do interior de sua própria pele, tudo o que é preciso saber acerca da questão. Não tenho cartas de erudição escondidas na manga.

Em terceiro lugar, a questão é, de certo modo, muito simples, muito importante e esclarecedoramente insidiosa. É simples na medida em que estão envolvidos tão poucos conceitos centrais — apenas, no primeiro caso, os conceitos não técnicos de *evento, antes* e *depois, verdade, necessidade, causa, prevenção, falta* e *responsabilidade* — e, é claro, todos conhecemos os caminhos para chegar até eles — ou não? São conceitos de trânsito público, não conceitos de artífices; de modo que nenhum de nós pode perder-se neles — ou pode? A questão é importante na medida em que, se a conclusão fatalista fosse verdadeira, então quase a totalidade do nosso pensamento religioso, moral, político, histórico, científico e pedagógico normal estaria caminhando num sentido inteiramente errado. Não podemos modelar o mundo de amanhã, uma vez que já foi modelado de uma vez para sempre. E é uma questão insidiosa porque não existe nenhuma regulamentação ou manobra argumentativa pela qual possa ser solucionada. Apresentei um aparato considerável de argumentos bastante elaborados, os quais necessitam todos de ampliação e reforço. Espero que o gelo lógico seja bastante fino sob alguns deles. Não me inquietaria se o gelo quebrasse, uma vez que a batida do pé que o rompeu seria, ela própria, um passo parcialmente decisivo. Mas até mesmo esse movimento não seria o desempenho de qualquer manobra de regulamentação lógica. Essas manobras reguladoras só existem para questões filosóficas mortas. Foi a sua morte que promoveu os lances decisivos para chegarem ao *status* de manobras de regulamentação.

Vejamos agora algumas lições de ordem geral que podem ser extraídas da existência desse dilema e das tentativas par resolvê-lo. Ele decorreu de duas proposições aparentemente simplórias e indiscutíveis, proposições que estão tão bem incrustadas no que eu posso chamar vagamente de "conhecimento comum" que dificilmente desejaríamos dar-lhes o solene título de "teorias". Essas duas proposições eram, primeiro, de que algumas afirmações no tempo futuro são ou tornam-se verdadeiras e, segundo, de que freqüentemente podemos, e às vezes devemos, garantir que certas coisas aconteçam e outras coisas não aconteçam. Nenhuma dessas proposições aparentemente simplórias é, por enquanto, uma especulação de filósofo, ou mesmo uma hipótese de cientista ou doutrina de teólogo. São meros lugares-comuns. É preciso observar, porém, que não ocorreria com muita freqüência a qualquer um enunciar esses lugares-comuns. As pessoas dizem de uma determinada predição que ela foi cumprida e de determinado palpite que ele deu certo. Dizer que alguns enunciados no tempo futuro são verdadeiros é uma generalização desses comentários concretos. Mas é uma generalização que não há, geralmente, qualquer vantagem em propor. Do mesmo modo, as pessoas dizem a respeito de certas ofensas que não deviam ter sido cometidas e de certas catástrofes que podiam ou não podiam ter sido evitadas. É relativamente raro afirmar-se, em termos gerais, que as pessoas às vezes cometem erros e que os infortúnios às vezes ocorrem por culpa nossa. Não obstante, há ocasiões, muito antes de começarem as especulações filosóficas ou científicas, em que as pessoas fornecem generalidades desses tipos. Faz parte da tarefa do professor e do pregador, do juiz e do médico, de Sólon e de Esopo, dizerem coisas gerais, com exemplos concretos que sejam inteiramente familiares a todos. De certa maneira, não é nem pode ser novidade para ninguém que cada dia tem seu ontem e cada dia tem seu amanhã; e no entanto, por outro lado, isso pode constituir uma espécie de novidade. Houve uma primeira ocasião em que essa generalidade nos foi apresentada, e ela nos pareceu bastante surpreendente — apesar do fato de que, desde a infância, a cada dia pensamos a respeito do seu ontem e do seu amanhã. De qualquer forma, há no início uma importante espécie de "infamiliaridade" quanto a essas generalizações sobre o que é totalmente familiar. Ainda não sabemos como se deve e como não se deve operar com elas, embora saibamos muito bem como lidar com as particularidades cotidianas das quais elas são generalizações. Não cometemos erros na segunda-feira de manhã com "será" e "era"; mas quando solicitados a lidar, no caso genérico, com as noções de *o futuro* e *o passado*, já não nos sentimos tão seguros.

Os dois lugares-comuns dos quais resultou o problema não são diretamente conflitantes. São as deduções reais ou aparentes de um que se chocam com o outro, ou então com as deduções reais ou aparentes do outro. Não são antagônicas, de tal modo que antes de essas deduções terem sido notadas, qualquer um teria vontade de dizer: "Aceito a proposição de que algumas afirmações no tempo futuro foram corroboradas e, assim sendo, rejeito naturalmente a proposição de que algumas coisas não precisavam nem deviam ter acontecido." É porque a proposição anterior parece acarretar indiretamente que o que é era desde sempre para ser, e porque isso, por sua vez, parece acarretar que nada é culpa de ninguém, que alguns pensadores sentiram-se forçados a escolher um entre os dois lugares-comuns. Aristóteles, por exemplo, rejeitou, com reservas, o lugar-comum de que as afirmações no tempo futuro são verdadeiras ou falsas. Alguns estóicos rejeitaram o lugar-comum de que somos responsáveis por algumas coisas que acontecem. Se aceitamos os dois lugares-comuns, é porque pensamos que as deduções fatalistas de "era verdade..." são falaciosas, ou ainda que certas deduções tiradas de "algumas coisas são culpa nossa" são falaciosas, ou ambas.

Mas isso suscita uma espinhosa questão geral. Como se explica que, em seu emprego mais concreto e primário, conceitos como *será, era, correto, deve, faz, evita* e *culpa* se comportem, essencialmente, com exemplar docilidade, mas se tornem insubordinados quando empregados no que são meras generalizações secundárias de seus empregos primários? Corremos pouquíssimo perigo de dar ou receber o troco lógico errado em nossos usos cotidianos de "amanhã" e "ontem". Sabemos perfeitamente como realizar as nossas vendas e compras diárias com eles. Entretanto, no caso geral, quando tentamos negociar com "o que é", "o que é para ser", "o que era" e "o que era para ser", é facílimo embaralharmos as nossas contas. Ficamos inteiramente à vontade com "portanto" e totalmente desorientados com "necessário". Como se explica que embaralhemos as nossas contas quando tentamos fazer negócio no atacado de idéias, e operemos eficientemente com essas mesmas idéias no varejo cotidiano de nossas vidas? Espero dar, adiante, alguma resposta a essa questão. Por enquanto, apenas a anuncio.

Neste meio tempo, podemos prestar atenção numa outra característica da questão. Indiquei que o dilema, embora relativamente simples, depende de um pequeno número de conceitos, a saber, no primeiro caso, dos de *evento, antes* e *depois, verdade, necessidade, causa, prevenção, culpa* e *responsabilidade*. Ora, não há apenas um desses conceitos que seja o perturbador lógico. A perturbação resulta da interação entre todos eles. O litígio entre os dois lugares-comuns iniciais envolve toda uma teia de interesses conflitantes. Não há apenas um nó recalcitrante no centro de um dos conceitos envolvidos. Todos os cordões entre eles estão implicados num só emaranhado.

Menciono este ponto porque algumas pessoas ficaram com a idéia, oriunda de algumas profissões, embora, penso eu, não das práticas de filósofos, de que fazer filosofia consiste ou deve consistir em desatar nós lógicos, um de cada vez — como se, parodiando a idéia, fosse inteiramente adequado e exeqüível para Hume analisar na segunda-feira o uso do termo "caução" e depois, na terça, quarta e quinta, passar a analisar *seriatim* os usos dos termos "causa", "cáustico" e "cautela", por ordem alfabética. Não tenho qualquer objeção especial nem qualquer preferência especial pelo modo de descrever como "análise" o gênero ou gêneros de exame conceitual que constitui o filosofar. Mas é inteiramente falsa a idéia de que esse exame é uma espécie de inspeção em oficina mecânica de um veículo conceitual de cada vez. Pelo contrário, para expressá-lo dogmaticamente, é sempre o exame de um inspetor de trânsito a braços com um engarrafamento conceitual, envolvendo pelo menos dois fluxos de veículos provenientes das teorias, ou pontos de vista, ou lugares-comuns que são conflitantes entre si.

Um outro ponto se destaca em ligação com este último. Pode-se ensinar a uma criança várias palavras, uma após a outra; ou, consultando o dicionário a fim de encontrar os significados de algumas palavras menos comuns num texto difícil, ela pode encontrar essas palavras separadamente em ordem alfabética ou em qualquer outra ordem. Esse fato, entre outros, encorajou a noção de que as idéias ou conceitos transmitidos por essas palavras são algo como peças que podem ser movidas e examinadas separadamente, tais como peças de xadrez, moedas, fichas, fotos — ou palavras. Mas não devemos pensar sobre o que uma palavra transmite como se fosse, à semelhança da palavra, uma espécie de ficha, embora, ao contrário da palavra, uma ficha invisível. Consideremos o caso do goleiro de um time de futebol. É um indivíduo que pode ser retirado da equipe e entrevistado, fotografado ou massageado separadamente. Mas o seu papel no jogo, ou seja, o de goleiro, está tão entrosado com o que os outros jogadores fazem que, se eles parassem de jogar, ele não poderia continuar protegendo o gol. Ele desempenha sozinho seu papel, mas não pode desempenhá-lo sozinho. Para que ele defenda o gol, é preciso haver um gol, uma bola e alguém que chute a bola na direção do gol. Nem mesmo isso é suficiente. Deve haver um jogo em andamento e não, por exemplo, um funeral, uma briga ou um baile; e o jogo tem de ser um jogo de futebol e não, por exemplo, um jogo de amarelinha. O mesmo homem que joga futebol no sábado pode jogar tênis na segunda-feira. Mas não pode ser goleiro no jogo de tênis. Pode mudar de um conjunto de funções esportivas para um outro, mas uma de suas funções não pode ser transferida para o outro jogo. De um modo análogo, conceitos não são coisas, como são as palavras, mas funções de palavras, assim como guardar o gol é função do goleiro. Tal como a função do goleiro se interliga com a função do atacante adversário, com a do zagueiro e do resto do time, também o funcionamento de uma palavra se interliga com o funcionamento dos outros membros do time para o qual a palavra está jogando. Uma palavra pode ter duas ou mais funções; mas uma de suas funções não pode trocar de lugar com outra.

Permitam-me ilustrar isso. Um jogo como o bridge ou o pôquer tem um vocabulário técnico razoavelmente elaborado e bem organizado, como, em diferentes graus, quase todos os jogos, ofícios, profissões, ciências e *hobbies*. Naturalmente, os termos técnicos peculiares ao bridge têm de ser aprendidos. Como os aprendemos? Uma coisa está clara. Não dominamos nem poderíamos dominar o uso de um deles sem ter ainda aprendido a usar qualquer um dos outros. Seria absurdo tentar ensinar a um garoto como usar o conceito de *dobrar e redobrar* sem que ele tenha as noções de *seqüência, trunfo* e *parceiro*. Mas se ele foi instruído sobre o modo como esses termos funcionam no jargão do bridge, então terá começado a aprender alguns dos elementos de bridge. Ou considere-se a fraseologia técnica dos advogados ingleses. Poderia um estudante afirmar que entende um ou sete dos seus termos de especialista, sem nada conhecer de direito? Ou afirmar que conhece a fundo o direito, embora não entenda pelo menos uma parte considerável de seu aparato terminológico? O aparato terminológico de uma ciência é, da mesma maneira, um time e não um mero amontoado de termos. O papel desempenhado por um deles pertence, com os papéis desempenhados pelos outros, ao jogo ou ao trabalho do aparato como um todo. Uma pessoa que tivesse meramente decorado as paráfrases de dicionário de mil termos técnicos da física ou da economia não teria sequer começado a ser um físico ou um economista. Não teria ainda aprendido a operar com esses termos. Portanto, ainda não os entenderia. Se ela não consegue considerar qualquer dos pensamentos da teoria econômica, ainda não adquiriu nenhum dos seus conceitos especiais.

O que é verdade quanto aos termos mais ou menos altamente técnicos de jogos, direito, ciências, negócios e profissões também é verdade, com importantes modificações, para os termos do discurso cotidiano. Estes estão para os termos dos especialistas assim como os civis estão para os oficiais, suboficiais e soldados de diferentes unidades do Exército. Os direitos, deveres e privilégios dos soldados são cuidadosamente prescritos; seus uniformes, divisas, galões, estrelas e botões mostram suas hierarquias, unidades e armas; exercícios, disciplina e ordens do dia moldam seus movimentos. Mas os civis também têm seus códigos, seus hábitos e suas etiquetas; seu trabalho, salário e impostos tendem a ser regulares; seus círculos sociais, vestuário e diversões, embora não regulamentados, são bastante estáveis. Também sabemos que neste nosso século XX as distinções entre civis e militares estão notoriamente atenuadas. Do mesmo modo, a fronteira entre a fraseologia técnica e a não técnica é tênue e freqüentemente transposta nos dois sentidos; e, embora as funções dos termos não técnicos não lhes tenham sido oficialmente impostas, eles têm suas funções, privilégios e imunidades. Assemelham-se mais a civis do que a militares, mas a maioria deles também se assemelha mais a pagadores de impostos do que a ciganos.

As funções de termos técnicos, isto é, os conceitos

transmitidos por eles, são mais ou menos severamente regulamentados. Os tipos de inter-relação de função para os quais esses termos são criados são relativamente definidos e circunscritos. Entretanto, também os termos não técnicos, embora não pertençam a nenhuma unidade organizada, ainda têm seus lugares individuais em meios indefinidamente sobrepostos e mesclados.

Pode-se observar, por conseguinte, que as funções dos termos tornam-se mais restritas e mais bem prescritas à medida que se tornam mais oficiais. Seus papéis no discurso podem ser mais estritamente formulados quando seus compromissos são reduzidos em número e em âmbito. Logo, quanto mais exatamente seus deveres são fixados por estatutos e comissões, alvarás e cartas-patentes, mais longe ficarão de ser filosoficamente interessantes. Os conceitos oficiais do bridge geram poucos enigmas lógicos, ou nenhum. As disputas não poderiam ser solucionadas nem os *rubbers* ganhos se fossem gerados enigmas. Os enigmas lógicos surgem especialmente a propósito de conceitos não comprometidos, ou seja, os conceitos civis que, em vez de terem sido recrutados e treinados para apenas um nicho definido e nomeado numa unidade organizada, desenvolveram-se em seus lugares especiais mas não nomeados em mil grupos não patenteados e associações informais. É por isso que uma questão como a questão fatalista, embora partindo de um tronco muito delgado, ramificou-se com tanta rapidez em setores aparentemente distantes dos interesses humanos. A questão sobre se declarações no tempo futuro podem ser verdadeiras desembocou rapidamente, entre mil outras, na questão sobre se há algum ganho em se aprender a nadar.

Certos pensadores, justamente impressionados pela excelente disciplina lógica dos conceitos técnicos de ciências há muito estabelecidas e consolidadas, como a matemática pura e a mecânica, reclamaram que o progresso intelectual é impedido pela sobrevivência dos conceitos não oficiais do pensamento não especializado; como se houvesse algo perniciosamente amadorístico ou infantil nos negócios e distrações de civis não recrutados. Os membros do *Portland Club*, do *Marylebone Cricket Club* ou da Faculdade de Direito de uma universidade poderiam, até com maior justiça, contrastar seus próprios termos de arte escrupulosamente podados, e até aparelhados, com a fraseologia espontânea do discurso cotidiano. É inteiramente verdadeiro, sem dúvida, que o pensamento científico, jurídico ou financeiro não poderia ser conduzido unicamente em idiomas coloquiais. Mas é inteiramente falso que as pessoas poderiam, mesmo em Utopia, receber suas primeiras lições de expressão verbal e pensamento nos termos deste ou daquele aparato técnico. Dedos e pés são, para muitos fins especiais, instrumentos flagrantemente ineficazes. Mas substituir os dedos e os pés da criança pequena por pinças e pedais não seria um bom plano — especialmente porque o emprego de pinças e pedais depende do emprego de dedos e pés. Tampouco o especialista, quando chega a usar os termos específicos de sua arte, deixa de depender dos conceitos que começou a dominar no jardim de infância; está no mesmo caso o motorista, cuja habilidade e cujos interesses se concentram no funcionamento mecanicamente complexo e delicado do seu carro, mas que não deixa de aproveitar as propriedades mecanicamente rudimentares da estrada pública. Ele não poderia usar seu carro sem usar as estradas, embora pudesse, como o pedestre que freqüentemente também é, usar essas mesmas estradas sem usar seu carro.

III

AQUILES E A TARTARUGA

Examinarei agora um dilema que imagino ser conhecido de todos. É certo que um corredor veloz no encalço de um corredor lento acabará por ultrapassá-lo. Podemos calcular por simples aritmética após que distância percorrida e após que tempo transcorrido a perseguição estará terminada, bastando para isso que nos sejam dadas a distância inicial e as velocidades dos dois corredores. A perseguição estará terminada no tempo necessário para cobrir o intervalo inicial à velocidade do corredor mais rápido menos a velocidade do corredor mais lento. A distância coberta pelo perseguidor no final é calculável a partir de sua velocidade real de corrida e o tempo que correu. Nada poderia ser mais decisivamente definido. Entretanto, existe uma resposta muito diferente que também parece seguir-se com igual irrefutabilidade a partir dos mesmos dados. Aquiles está perseguindo a tartaruga e, antes de alcançá-la, tem de chegar à linha de partida da tartaruga, num momento em que ela já avançou um pouco adiante dessa linha. Assim, Aquiles tem agora que cobrir essa nova e reduzida vantagem, e assim faz; mas na altura em que o faz, a tartaruga já voltou a avançar um pouco mais. À frente de cada avanço de Aquiles, resta sempre uma nova vantagem, embora cada vez menor, a ser eliminada. Não há um número de avanços ao fim dos quais não haja nenhuma vantagem a ser suprida. De modo que Aquiles nunca consegue alcançar a tartaruga. Ele sempre encurta a distância, mas nunca a reduz a zero. Note-se que, a cada etapa, o avanço da tartaruga é finito. Se Aquiles tivesse reduzido gradualmente dez ou mil dessas vantagens sempre decrescentes, uma após a outra, a vantagem ainda a ser eliminada seria de comprimento finito. Não podemos dizer que depois de um tal ou tal número de etapas, a vantagem da tartaruga tenha se reduzido às dimensões de um ponto euclidiano. Se Aquiles leva um certo tempo para cobrir uma vantagem, ele dá tempo à tartaruga para avançar um pouco além dessa vantagem. Segue-se o mesmo resultado se considerarmos intervalos de tempo em vez de distâncias no espaço. No final do período levado para compensar uma vantagem subsiste um outro período reduzido em que Aquiles tem de anular a vantagem seguinte. Não existe um número finito de tais períodos cada vez menores de ultrapassagem, de modo que se possa afirmar que, após 100 ou 1000 deles, não resta mais nenhum período de perseguição.

Esse é um dos paradoxos justamente famosos de Zenão. Sob vários aspectos, merece ser apontado como o paradigma de um quebra-cabeças filosófico. É claramente um quebra-cabeças filosófico e não um problema aritmético. Não se deve procurar nenhuma solução recorrendo, com o maior cuidado, a cálculos pelos quais se estabeleça que Aquiles alcançará a tartaruga em, digamos, exatamente seis minutos. Mas tampouco se encontrará uma solução reconsiderando o argumento que prova que o avanço 1 mais o avanço 2, mais o avanço 3, etc. nunca somará a distância total a ser coberta por Aquiles a fim de alcançar a tartaruga. Não existe um número, como, digamos, um milhão, tal que, após um milhão desses avanços decrescentes terem sido cobertos, não haja mais nenhuma vantagem a ser eliminada.

Tentarei expor onde o argumento de Zenão parece provar uma coisa, ou seja, que a perseguição não pode terminar, mas realmente prova, de um modo perfeitamente válido, uma conclusão diferente e imperturbável; e mostrar também por que a diferença entre essa conclusão real e aquela conclusão aparente é, curiosamente, singularmente indefinível. É a indefinibilidade dessa diferença que constitui a excelência desse exemplo de dilema lógico.

Ao oferecer uma solução desse paradoxo, espero ter o mesmo destino de tantos que a tentaram antes, ou seja, o fracasso demonstrável. Mas, para os meus propósitos gerais, isso não importará muito. Terei exposto que a argumentação é ardilosa e apresentado à consideração alguns dos fatores que a tornam ardilosa. Mesmo que fracasse, poderei com sorte ter denunciado, sem o saber, algum fator que conseguiu ludibriar-me.

Em primeiro lugar, assinalemos alguns pontos aparentemente triviais que os dois tratamentos conflitantes da corrida têm em comum, ou parecem ter em comum. Para definir bem a questão, suponhamos que Aquiles corre a 11 milhas por hora, enquanto a tartaruga rasteja a uma milha por hora, e que à tartaruga é dada uma dianteira de uma milha. De acordo com o tratamento natural, a corrida terminaria no tempo que Aquiles levasse para alcançar a tartaruga, se esta não se tivesse mexido, e o herói grego tivesse corrido a 10 milhas por hora, em vez de 11 milhas por hora; isto é, a corrida estará concluída em um décimo de uma hora, ou seis minutos. Como Aquiles correu durante seis minutos a 11 milhas horárias, a distância que ele cobriu é de onze décimos de uma milha, ou seja, uma milha e um décimo de milha. Este cálculo é feito em função de milhas e frações de milhas, e em horas e frações de horas, isto é, minutos. Mas, obviamente, não faria a menor diferença se tivéssemos calculado as distâncias em jardas e polegadas, ou em metros e centímetros, ou se tivéssemos calculado os tempos em segundos ou em frações de um ano.

A mesma coisa é válida para o tratamento dado por Zenão à corrida. Os corredores partiram com uma distância de uma milha separando um do outro (ou 1760 jardas ou 5280 pés ou correspondente número de metros ou centímetros entre os dois participantes). Enquanto Aquiles corre a milha inicial, a tartaruga rasteja a sua fração de uma milha, ou seja, um undécimo de milha; enquanto Aquiles cobre essa fração seguinte de uma milha, a tartaruga rasteja a sua fração seguinte dessa fração de uma milha, e assim por diante. Para cada avanço de Aquiles, a tartaruga estabelece uma nova dianteira de sua fração regular do comprimento do avanço anterior.

Quer dizer, nos dois tratamentos os nossos cálculos são cálculos de distâncias e partes dessas distâncias, por exemplo, milhas e undécimos de milha, ou *furlongs* e undécimos de *furlong*; ou são cálculos de períodos de tempo e partes desses períodos, por exemplo, horas e frações de horas ou minutos e frações de minutos.

De acordo com o tratamento natural, a corrida acaba em seis minutos. Sua duração consistiu no primeiro minuto, mais o segundo minuto, mais o terceiro... até seis. Essas partes da duração adicionam-se devidamente até perfazer a totalidade. Se, em vez disso, fracionarmos a duração da corrida em segundos, teremos 360 segundos, e essas 300 partes somam-se devidamente para totalizar seis minutos. Do mesmo modo, a distância total percorrida por Aquiles é uma milha e um décimo ou, se preferirem, 1936 jardas; e os décimos de uma milha cobertos (ou as jardas) somam-se devidamente até perfazer o total.

Neste ponto, estou simplesmente lembrando ao leitor o lugar-comum de que um total é a soma de suas parcelas, ou que $\frac{12}{12} = 1$, ou $\frac{1936}{1936} = 1$, ou, geralmente, seja qual for o número representado por x, $\frac{x}{x} = 1$.

Mas, para nossa consternação, de acordo com o tratamento de Zenão da corrida, esse lugar-comum parece deixar de valer. Temos mais uma vez segmentos de espaço e subsegmentos dele, ou períodos de tempo e subperíodos dele. Agora, porém, as fatias que cortamos recusam-se a igualar, quando somadas, a distância total ou a duração total. O primeiro avanço que Aquiles realiza mais o segundo, mais o terceiro... nunca somam a distância que lhe permitiria alcançar a tartaruga. Os totais continuam sendo, é claro, as somas de suas parcelas; neste caso, entretanto, são parcelas de um todo que, por mais numerosas que sejam, nunca equivalem a esse todo. Ou um todo *é* todas as suas partes somadas; neste caso, porém, temos tantas partes quantas quisermos, mas de tal sorte que em nenhum etapa podemos dizer que reunimos o total delas. Pois em cada etapa há uma parte que fica pendente.

Consideremos, por um momento, as fatias em que um bolo pode ser cortado. Corte-se o bolo em seis ou sessenta fatias, e essas seis ou sessenta fatias, todas juntas, constituem o bolo inteiro. O bolo é os seus seis sextos ou os seus sessenta sexagésimos. Mas suponha-se agora que a mãe de uma família prefere fazer circular um bolo não fatiado ao redor da mesa, instruindo as crianças para que cada uma corte um pedaço, mas só um pedaço, do que está no prato de bolo; isto é, nenhuma criança deverá pegar tudo o que encontrar no prato. Então, obviamente, enquanto as instruções forem obedecidas, o bolo poderá circular quantas vezes se quiser, que haverá sempre um pedaço de bolo sobrando. Se as crianças obedecerem às ordens da mãe para sempre deixarem um pedaço, então deixarão sempre um pedaço. Ou, em outras palavras, se as crianças obedecerem às ordens de nunca pegarem o último pedaço todo, haverá sempre um pedaço no prato. O que elas cortaram do bolo nunca constitui o bolo inteiro. Por certo, tudo o que tomam em cada rodada é uma parte — uma parte cada vez menor — do bolo inteiro. Mas o bolo é, em qualquer etapa que se escolha, não meramente a soma dessa partes consumidas. Não obstante, é realmente a soma dessas partes consumidas *mais a parte não consumida*. Essa adição funciona corretamente em cada etapa em que o prato é passado de mão em mão. Nesse momento, as fatias já retiradas mais o pedaço ainda intato constituem o bolo total. O mesmo ocorre na etapa seguinte, e na seguinte. Mas em nenhuma etapa o resíduo não consumido deixa de ser uma parte do próprio bolo; assim, em nenhuma etapa as partes consumidas correspondem a todas as partes do bolo. Este é, simplesmente, o lugar-comum de que um todo é mais do que a soma de *todas as suas partes menos uma*, por menor que ela seja. O segundo método de repartição do bolo pela mãe garantiu que haveria a cada etapa uma parte do bolo sobrando no prato, embora de dimensões cada vez menores, a cada etapa da divisão.

Ela poderia ter dado instruções mais precisas. Agora, o bolo circula por ordem decrescente de idades das crianças, e, para que as mais velhas recebam as porções maiores, ela instrui as crianças para que apanhem sempre não simplesmente um pedaço, mas exatamente metade e, assim, deixem exatamente metade do que está no prato. A primeira criança começa com meio bolo e deixa uma metade, a segunda obtém um quarto e deixa o outro quarto, a terceira pega um oitavo e deixa um oitavo, e assim por diante. O prato nunca pára de circular. Depois de cada corte, sobra um pedaço a ser cortado ao meio pela criança seguinte. Obviamente, a paciência das crianças ou sua visão se cansarão antes que o bolo acabe. Pois o bolo não pode acabar com base nesse princípio de divisão.

Observemos mais uma vez que, enquanto as fatias distribuídas em nenhuma etapa equivalem ao bolo inteiro, as fatias tomadas em cada etapa, *mais a porção ainda intata*, certamente equivalem ao bolo inteiro. Essas fatias retiradas mais a porção remanescente podem ser contadas, de modo que em cada etapa podemos falar na forma comum de todas as partes do bolo, ou seja, todas as 99 fatias já retiradas mais a porção agora remanescente, isto é, 100 pedaços no total. Há um outro ponto a se ter em mente para uso futuro. O tamanho de cada fatia, se a bisseção é exata, é uma fração mensurável e calculável do tamanho do bolo inteiro original; a primeira fatia a ser comida era meio bolo, a segunda um quarto de bolo, a terceira um oitavo de bolo, e assim por diante. As dimensões das fatias são fixadas em função do tamanho do bolo. O método de repartição empregado foi, desde o começo, um método de ação sobre o bolo como um todo. Assim, se, digamos, a segunda criança, desempenhando o papel de Zenão, declarasse: "O que consumimos nunca será o bolo inteiro; por isso acredito que nunca houve um bolo inteiro de tamanho finito a ser consumido", ela poderia ser refutada perguntando-se do que sua primeira fatia era um quarto. Deve ter havido o bolo inteiro, para que ela obtivesse um quarto dele; e um bolo finito, pois o seu quarto dele era finito. Ou se poderia perguntar a que, segundo ela, as partes consumidas nunca equivalem.

Quero agora mostrar ao leitor que a corrida entre Aquiles e a tartaruga exemplifica precisamente o que foi exemplificado pela divisão do bolo pela mãe de acordo com o segundo método.

A fim de exemplificar a história e de colocá-la em paralelo com o segundo método de divisão do bolo, digamos agora que Aquiles passeia a duas milhas por hora, a tartaruga rasteja a uma milha por hora, e tem uma vantagem de uma milha sobre Aquiles. Como a diferença entre suas velocidades é de uma milha por hora, Aquiles alcançará a tartaruga em uma hora, quando terá percorrido duas milhas da pista de corrida. Ora, os espectadores da corrida poderiam, após o evento, retroceder nessa pista de duas milhas cobertas pelo herói e cravar uma bandeirola no chão no final de cada um dos oito quartos de milha, ou de cada um dos 16 *furlongs* corridos por Aquiles. A nossa última bandeirola seria fincada onde a corrida terminou. Mas suponha-se agora que, quando a corrida terminou, retrocedemos nessa duas milhas de pista percorridas por Aquiles e preferimos cravar uma bandeirola no ponto onde Aquiles começou, uma segunda no ponto correspondente à metade de sua corrida total, uma terceira no ponto correspondente à metade da segunda metade da corrida, uma quarta no ponto correspondente à metade do quarto restante da corrida e assim por diante. É claro que, para cada bandeirola que fincamos, há sempre uma outra bandeirola a ser fincada a meio caminho entre aquela e o lugar onde Aquiles alcançou a tartaruga. (De fato, é claro, logo atingiremos um ponto onde as nossas bandeirolas serão muito volumosas para podermos continuar a operação.) Nunca seremos capazes de fincar uma bandeirola precisamente no lugar onde a corrida terminou, uma vez que o nosso princípio de colocação de bandeirolas diz que cada uma deveria ser fincada na metade do caminho entre a última bandeirola plantada e o lugar onde a corrida terminou. Com efeito, as instruções eram para que se plantasse cada bandeirola adiante da última, mas também atrás do término da corrida. Se obedecermos a essa instruções, nunca plantaremos uma bandeirola que não esteja antes do término e, por conseguinte, nunca plantaremos a última bandeirola. Em nenhuma etapa a distância entre a linha de partida de Aquiles e a última bandeirola a ser fincada corresponde à distância total coberta por Aquiles. Mas, inversamente, em cada etapa, a distância total percorrida por Aquiles consiste na soma de todas as distâncias entre as bandeirolas *mais a distância entre a última bandeirola e o ponto onde a corrida terminou*. O percurso total de Aquiles não é a soma de todas as suas partes menos uma; é a soma de todas essas partes embandeiradas mais a parte remanescente sem bandeirola. O número desses trechos altera-se e o comprimento do último trecho a ser embandeirado e o do trecho remanescente alteram-se com cada nova bandeirola plantada. Numa etapa, $\frac{15}{16}$ de seu percurso foi embandeirado e $\frac{1}{16}$ do seu percurso ainda está adiante da última bandeirola fincada, e $\frac{15}{16}$ + $\frac{1}{16}$ exatamente = 1. Na etapa seguinte, $\frac{31}{32}$ do seu percurso já foi embandeirado e $\frac{1}{32}$ de seu percurso ainda está adiante da última bandeirola fincada; mas, uma vez mais, $\frac{31}{32} + \frac{1}{32}$ exatamente = 1.

Não parece que estejamos diante de nenhum grande mistério. Se obedecermos às instruções para sempre deixarmos espaço para mais uma bandeirola, teremos sempre lugar para mais uma bandeirola. Tampouco o fato de nenhuma bandeirola ser a última poderá persuadir-nos de que a corrida de Aquiles era interminável, porquanto iniciamos as nossas operações de colocação de bandeirolas sabendo que se tratava de uma corrida de duas milhas, com uma linha de partida e uma de chegada. Os lugares onde fincamos as nossas bandeirolas foram fixados em função justamente dessa corrida de duas milhas, ou seja, uma bandeirola na metade do percurso, a seguinte no final da sua terceira meia milha, a seguinte no final do seu décimo quarto *furlong*, e assim por diante. Fincamos bandeirolas o tempo todo para demarcar determinadas porções da corrida de duas milhas exatas que Aquiles percorreu. Poderíamos, se tivéssemos preferido, ter trabalhado no sentido contrário de acordo com o mesmo princípio, isto é, do término da corrida para o seu começo; e, nesse caso, nunca chegaríamos a cravar uma bandeirola na linha de partida. Entretanto, isso não nos persuadiria de que a corrida tinha um fim mas não um começo.

As distâncias assinaladas com bandeirolas não correspondem, em cada etapa, à distância de duas milhas que Aquiles tinha corrido na altura em que alcançou a tartaruga, simplesmente porque essa distância é, de acordo com as instruções, a soma dessas distâncias embandeiradas mais a distância (qualquer que seja) sem bandeirolas que fica por cobrir.

É fácil perceber agora que as bandeirolas fincadas de acordo com essas instruções marcam precisamente, de fato, os términos daqueles sucessivos avanços estabelecidos pela tartaruga, sobre os quais Zenão nos fez concentrar. Da linha de partida de Aquiles à linha de partida da tartaruga estava justamente a milha entre a primeira bandeirola que cravamos e a segunda. O lugar onde a tartaruga estava, quando Aquiles atingiu esse ponto a meio caminho de sua corrida total, é o local onde fincamos a nossa bandeirola para o terceiro quarto da perseguição total de Aquiles, e assim por diante. O que medimos depois do evento com uma trena de agrimensor e, depois, com um micrômetro, Aquiles poderia em princípio, mas não na prática, ter medido correndo continuamente ao dobro da velocidade da tartaruga e marcando mentalmente os términos dos sucessivos avanços da tartaruga. Se informado de que estava correndo a duas vezes a velocidade da tartaruga, então o próprio Aquiles poderia ter sabido, enquanto corria, que o término do primeiro avanço era o ponto que marcava metade de sua perseguição, que o término do segundo avanço da tartaruga marcava o terceiro quarto de sua perseguição, que o seguinte marcava o sétimo oitavo de sua perseguição, e assim por diante. Dadas as suas respectivas velocidades, Aquiles teria sabido que alcançaria a tartaruga no segundo marco, e assim os sucessivos avanços eram porções determinadas do que iria ser a sua perseguição de duas milhas. Mas somos induzidos a imaginar que Aquiles não dispunha desses dados pelo fato de que, nas corridas comuns, os corredores não sabem precisamente a que velocidade eles ou os adversários estão correndo; ignoram se seus adversários estão acelerando ou desacelerando, prestes a parar ou até começando a voltar ao ponto de partida. Mas se ele soubesse o que nos é permitido conhecer, que as velocidades dele e de seu adversário eram constantes, e que a velocidade dele era duas vezes a do seu adversário, então poderia ter usado o seu próprio avanço a cada cobertura de dianteira como, por assim dizer, uma trena móvel de agrimensor; e poderia ter reconhecido os términos das sucessivas vantagens que tinha de cobrir tal como tínhamos feito com as nossas bandeirolas, ou seja, demarcando certos segmentos de sua corrida total desde a linha de partida até o término de sua perseguição. A série desses avanços decrescentes teria, pois, significado para ele não uma seqüência interminável de adiamentos da vitória mas, o que obviamente eram, etapas medidas na direção de sua vitória calculável. Isso é justamente parte de estratagema de Zenão. Ele declarou estar tentando construir o percurso total de Aquiles a partir dessa série de vantagens cobertas, ao passo que nós dividimos o percurso total de duas milhas de Aquiles, tomado como nosso dado, mediante o procedimento de fincar uma bandeirola em cada etapa daquilo que, como regra, não era definitivo. Optamos por aplicar um procedimento especial de repartição a um trecho conhecido e determinado de uma pista de corrida, ou seja, as duas milhas que Aquiles correu; portanto, não podemos deixar-nos intimidar pela interminabilidade da tarefa de fincar bandeirolas a ponto de duvidar de que a perseguição de Aquiles tivesse um término. Zenão começou, engenhosamente, pelo outro extremo. Ao falar em termos de distâncias ainda a serem cobertas por Aquiles, ele usou a interminabilidade dessa série de avanços para induzir Aquiles, e induzir a nós, a duvidar de que ele pudesse em algum momento alcançar a tartaruga. Entretanto, os términos das sucessivas distâncias que Aquiles teve de cobrir, de acordo com o relato de Zenão, ocorrem exatamente onde fincamos as nossas bandeirolas para demarcar os nossos pedaços, regularmente decrescentes mas determinados, da corrida de exatamente duas milhas de Aquiles até a vitória. Em outras palavras, Zenão levou-nos engenhosamente a olhar para o nosso sistema de bandeirolas de trás para a frente, algo como se a mãe tivesse dito aos filhos que fizera o bolo de manhã juntando o meio bolo da criança mais velha, o quarto de bolo do segundo filho, o oitavo pedaço da terceira criança, e assim por diante — um história pela qual não se deixariam enganar, não só porque o pedaço restante no prato de bolo ficará fora do inventário da mãe, mas também porque em sua própria menção ao meio bolo do primogênito, ao quarto de bolo do segundo filho, etc., ela já se referia ao bolo inteiro, como o todo do qual suas porções determinadas tinham sido essas porções determinadas. Do mesmo modo, Zenão, em suas menções às sucessivas distâncias a serem cobertas por Aquiles, refere-se, embora de modo sub-reptício e somente por implicações, à corrida total de duas milhas percorridas por Aquiles para ultrapassar a tartaruga; ou, em outras palavras, sua própria argumentação baseia-se na premissa não anunciada de que Aquiles alcançará a tartaruga em, digamos, precisamente duas milhas e precisamente em uma hora. Pois informou-nos que Aquiles alcançaria a tartaruga em uma milha em uma hora, e que a dianteira inicial era de uma milha. Como já disse, a razão pela qual, à primeira vista, não parece ser esse o caso, é que somos induzidos a olhar a corrida através dos olhos do próprio Aquiles. Supomos que ele possa ver onde está a linha de partida da tarturuga a partir de sua própria linha de partida. Quando atinge a linha de partida da tartaruga, ele pode ver o término da nova vantagem que a tartaruga estabeleceu agora, etc. Mas não pode, em qualquer fase da corrida, ver uma fita de chegada a ser cortada pelo vencedor, uma vez que, nessa corrida, o que corresponde a cortar a fita de chegada numa corrida comum lado-a-lado é a tartaruga ser alcançada por Aquiles, e onde isso ocorrerá na pista de corrida não é uma característica visível da pista. Assim, a menos que ele saiba o que nos foi dito, não pode pensar nos sucessivos avanços como frações calculáveis do seu percurso total, tal como a mãe, se tivesse feito as contas, poderia calcular os pesos das sucessivas porções cortadas do bolo como frações especificadas do peso do bolo original. Ela pesou o bolo antes do chá; Aquiles não mediu a sua corrida antes de a ter feito, e somos induzidos a supor que ele não podia conhecer o seu comprimento antes de cobrir todo o percurso. A mãe, conhecendo o peso do bolo e a exatidão da divisão ao meio das fatias, pode, fazendo simplesmente a contagem dos cortes, calcular, fase por fase, os pesos das fatias tiradas e, por conseguinte, o peso do restante do bolo no prato. Mas Aquiles, que não conhece precisamente, como presumimos, sua própria velocidade nem a da tartaruga, ainda que conheça o comprimento exato da vantagem inicial da tartaruga, não pode calcular com exatidão quando cobriu a primeira metade, os primeiros três quartos, os primeiros sete oitavos, etc., ou qual terá sido o seu percurso total até a vitória. Se lhe entregássemos as nossas bandeirolas para deixá-las cair à medida que atingisse esses pontos, ele não saberia onde exatamente as deixar. Entretanto, se as deixar cair justamente no término de cada um dos avanços que Zenão descreve como tendo sido cobertos por Aquiles, um após o outro, ele de fato as teria deixado nos pontos exatos onde nós, após o evento, as teríamos fincado deliberadamente. O nosso princípio escolhido para fincar as bandeirolas é justamente o reverso dos fatos, que presumivelmente Aquiles ignora, de que a sua velocidade é o dobro da velocidade da tartaruga e de que a vantagem de uma milha da tartaruga constitui a metade exata do percurso exato a ser coberto por Aquiles. Os comprimentos dos sucessivos avanços que Aquiles tem de cobrir são necessariamente proporcionais à diferença entre as velocidades dos dois competidores. O próprio Aquiles está mais perto da posição da mãe, se ela tivesse instruído os filhos simplesmente para pegar um pedaço e deixar um pedaço restante qualquer no prato, sem prescrever qualquer escala para esses pedaços. Ela não poderia então calcular o peso das porções consumidas ou da porção ainda por consumir. Mas ainda saberia que, em cada fase, os pesos combinados das porções consumidas e da porção não consumida, sejam elas quais forem, totalizam o peso do bolo original.

Do mesmo modo, a totalidade do percurso que Aquiles terá coberto é, na verdade, a soma de tantas partes quantas nós ou ele possamos ter decidido separar mais a parte que nós ou ele deixamos sobrar. O fato de essas partes serem de comprimento decrescente, segundo esse princípio de divisão, não tem mais interesse do que o fato de que as partes eram todas do mesmo comprimento no nosso primeiro princípio de partilha. Assim como um bolo não é cinco das seis fatias em que ele foi cortado, mas essas cinco fatias mais a sexta fatia restante, também a corrida de Aquiles não é a soma da metade, mais o quarto, mais o oitavo dela, etc. que resolvemos nesta ou naquela etapa deixar de um lado, mas é a soma de todas essas frações mais o remanescente. Tampouco esse remanescente é uma das dimensões misteriosas ou indefiníveis. Ele tem exatamente as mesmas dimensões que a última fração que separamos antes de decidir parar de cortar fatias.

Por certo, se decidimos conduzir o nosso corte em fatias de acordo com o princípio de que sempre será deixado um resto, sempre haverá um resto. Que essa divisão pode prosseguir *ad infinitum* é uma frase alarmante, mas significa apenas que, após cada corte, é deixado um resto para ser dividido por um corte subseqüente.

Para colocar um ponto central grosseiramente, temos que distinguir a questão "Quantas porções foram cortadas *do* objeto?" da questão "Em quantas porções foi cortado *o* objeto?" A resposta à segunda interrogação é superior por um à resposta à primeira. O lugar-comum "o todo é a soma de suas partes" significa que um todo é a soma das porções em que o objeto está cortado; não significa, o que é falso, que é a soma das porções que foram cortadas do objeto, na medida em que esta frase subentende que alguma coisa restou do objeto original. Zenão faz-nos e faz Aquiles pensar nos sucessivos avanços que terão de ser realizados como porções que devem, de algum modo, ser adicionadas, mas não podem ser adicionadas, ao percurso total que ele tem de percorrer. Assim, Zenão desvia nossa atenção do fato de que os sucessivos avanços foram, com efeito, selecionados por Aquiles para serem apenas segmentos, ou "fatias", retirados da distância que ele ainda tem de percorrer, ou seja, para realizar essa distância total *menos* alguma coisa. O seu princípio de seleção pressupõe que haja a distância total que Aquiles tem de correr — de outro modo não haveria nada para ele selecionar como fatia intermediária dessa distância. Suponhamos que, quando Aquiles alcançou o marco da primeira milha, viu a tartaruga no marco da meia milha seguinte. Segundo Zenão, o nosso herói grego argumenta, desanimado: "Tenho de alcançar primeiro esse marco da meia milha e ainda correr um pouco mais a fim de ultrapassar a tartaruga." Mas esse argumento pressupõe que ele saiba que a tartaruga não vai parar de rastejar nesse marco da meia milha. Se parar lá, lá será alcançada. Parte-se do princípio, portanto, de que Aquiles não só sabe que a tartaruga está agora no marco da meia milha como presume que o marco da meia milha assinale apenas alguma fração da distância para o término da corrida. Que existe uma distância definida para esse término é pressuposto por sua admissão de que o marco da meia milha é somente uma parte dessa distância, ou seja, que um avanço a ser coberto é uma etapa na direção do fim da corrida e, portanto, não a totalidade da distância até esse ponto.

É claro, se fosse uma corrida comum, Aquiles talvez nunca alcançasse a tartaruga. Não o conseguiria se ele próprio diminuísse a velocidade ou se a tartaruga acelerasse de modo a não haver diferença entre as duas velocidades, ou então uma diferença favorável à tartaruga. Mas isso apenas nos diz que Aquiles não pode ultrapassar a tartaruga se não correr mais velozmente do que ela — uma coisa de que nós e ele nunca duvidamos. Se a corrida tomar esse rumo desfavorável, então o marco da meia milha seguinte não assinalará, de fato, uma parte da corrida total de Aquiles rumo à vitória, dado que não haverá vitória nenhuma. Só assinalará uma parte de sua corrida total para a vitória se, e unicamente se, Aquiles estiver, de fato, ultrapassando, e continuar ultrapassando, a tartaruga — um condição que nos foi permitida por Zenão, embora talvez não revelada a Aquiles. Assim, presumimos que Aquiles não pode saber que o avanço seguinte a ser coberto é uma fração definida do que será a sua corrida total para a vitória, uma vez que não sabe que vencerá ou que a sua velocidade deve ser constante em duas vezes a da tartaruga. Mas nos foi dito, por implicação, que ele vencerá, de modo que sabemos que esse avanço, e o seguinte, e mais os seguintes, são frações definidas da sua corrida total para a vitória. Fomos induzidos, entretanto, a congelar esse conhecimento na medida em que somos levados a ver a corrida através dos olhos de Aquiles. Estávamos tentando analisar a tarefa do nosso agrimensor através da névoa das dúvidas, ignorâncias e desânimos de um corredor. Assim, concebemos o seu percurso composto de um escalonamento de etapas intermediárias, decrescentes, cada uma das quais, por ser intermediária, não é, portanto, final. Esquecemos, o que sabíamos o tempo todo, do que essas etapas eram intermediárias, a saber, entre a linha de partida de Aquiles e o lugar onde ele alcançou a tartaruga. Esquecemos que aquilo que é cortado do bolo não é aquilo em que o bolo foi cortado, e que tal como o que tinha sido em cada etapa cortado dele era medido ou calculável, também, nessa etapa, aquilo em que o bolo tinha sido cortado era mensurável ou calculável.

Tratemos agora de extrair algumas lições gerais deste dilema.

Em primeiro lugar, embora seja apresentado na forma teatral de uma corrida a pé sob céus gregos entre dois personagens bastante atraentes, o seu argumento é de aplicação muito geral. Uma corrida envolve a cobertura de uma distância num certo tempo. Parte da nossa confusão foi devida à nossa hesitação sobre se deveríamos concentrar-nos em milhas ou minutos. Mas a argumentação aplica-se a casos em que não entra em questão a passagem de tempo, como, por exemplo, no caso da bisseção progressiva de um bolo. Também se aplica em casos em que não entra em questão o espaço percorrido, como, por exemplo, no caso de um termômetro inicialmente frio ultrapassar a temperatura ascendente do conteúdo de uma frigideira, ou um sagaz primeiranista ultrapassar o nível de um finalista, cujo nível de escolaridade também está aumentando, embora menos rapidamente.

Em seguida, nessa questão particular, estamos tentando descobrir depois de quanto tempo e depois de que distância Aquiles ultrapassa a tartaruga ou então, se assombrados por Zenão, estamos tentando descobrir se existe algum período de tempo ou alguma distância ao fim dos quais Aquiles a ultrapassou. Nos dois casos, estamos pensando ou agindo intelectualmente sobre fatias de um dia e fatias de uma perseguição. Em outras aplicações, poderíamos estar pensando ou agindo sobre fatias de bolo ou graus de temperatura.

Mas estamos, de modo importante, em todas as aplicações, pensando *em termos de* ou operando *com* as mesmas noções abrangentes de *parte, todo, fração, total, mais, menos* e *multiplicado por*. É porque já aprendemos a executar algumas manobras abstratas com essas noções, isto é, somas em aritmética simples, que somos capazes de calcular quando um homem alcançará uma tartaruga, e também somos capazes de ficar embaraçados por uma argumentação que parece provar que ele jamais conseguirá isso. Um menino que correu e presenciou muitas corridas mas ainda não consegue apreender o lugar-comum abstrato de que um todo é a soma de suas partes, ainda não consegue calcular quantos quartos de milha existem numa corrida de duas milhas, nem apreender este outro lugar-comum abstrato de que as porções cortadas de algo em nenhuma fase correspondem à totalidade dessa coisa.

Mas consideremos agora o menino que atingiu o estágio de lidar lucidamente, em aritmética simples e abstrata, não só com frações, e sua soma e subtração, mas também com a multiplicação de frações. Ele percebe muito bem, no abstrato, não apenas que $\frac{2}{3} \times \frac{2}{3}$ resulta em algo menos do que 1, mas até que frações como $\frac{9}{10} \times \frac{9}{10}$ ou $\frac{999}{1000} \times \frac{999}{1000}$ resultam em algo menos do que 1, e menos até do que qualquer das próprias frações. Entretanto, quando o bolo da família é cortado, não de acordo com o princípio comum de dividi-lo em seis ou dez fatias mais ou menos iguais, mas de acordo com o princípio incomum de dividi-lo de modo que cada corte divida o restante numa dada proporção, o nosso menino ainda pode experimentar a sensação de que o bolo se transformou num bolo mágico, um bolo que se permite ser cortado, cortado, cortado interminavelmente. Parece ser agora um bolo inesgotável e, no entanto, inesgotável de um modo decepcionante, uma vez que os membros da família não recebem mais bolo, na verdade um pouco menos bolo do que recebiam quando ele era cortado da forma comum. Embora houvesse sempre mais bolo por repartir, é visível, no entanto, que o bolo não recuperou suas perdas, à semelhança da Hidra. Quer dizer, embora o menino saiba como aplicar a coisas como bolos, ou pistas de corrida, as noções simples e abstratas de frações e somas de frações, ele ainda não tem uma idéia clara a respeito da aplicação a bolos ou pistas de corrida da noção abstrata mais complexa de produtos de frações. Não consegue distinguir claramente entre a inesgotabilidade de um bolo mágico ou de uma corrida mágica que recupera suas perdas e a inesgotabilidade das séries de uma fração de um bolo ou de uma pista de corrida comum, mais aquela fração do restante, mais aquela fração do restante... Ele atribui confusamente ao bolo ou à pista de corrida uma diferença com relação a bolos e pistas de corrida normais, a qual consiste, em realidade, numa diferença entre um procedimento de divisão e um outro procedimento de divisão. Ele atribui uma estranha interminabilidade à perseguição da tartaruga por Aquiles, quando deveria ter atribuído uma desinteressante não-finalidade a cada um dos estágios de um certo modo especial de subdividir duas milhas.

Ele se comporta um pouco como o menino que, tendo aprendido um jogo de baralho, como o pife-pafe, ao aprender outro jogo, como o truco, durante algum tempo não consegue assimilar o que tem de fazer com as suas cartas agora ao que aprendeu a fazer com essas mesmas cartas no pife-pafe. Fica perdido ao descobrir que os lances que funcionam no pife-pafe não funcionam no truco, e vice-versa. Entretanto, de uma certa maneira, ele *aprendeu* as regras do truco — aprendeu-as o suficiente para alguns propósitos, mas não o suficiente para estar a salvo de resvalar uma vez ou outra para as regras do pife-pafe e a forma de raciocínio própria do pife-pafe. Afinal, as cartas com que está jogando são as mesmas de sempre.

Este ponto leva-nos de volta a uma sugestão que formulei no capítulo anterior, mas deixei para desenvolver posteriormente. A colisão entre a noção natural de que Aquiles alcança a tartaruga após uma perseguição de extensão mensurável e calculável, e a noção estranha de que ele nunca a alcançará, não ocorre quando pensamos em nível terra-a-terra em coisas como as passadas de Aquiles, a pista empoeirada e a velocidade muito inferior da tartaruga. Ocorre quando nos colocamos num nível mais elevado, em que tentamos concluir se e quando Aquiles alcançará a tartaruga por procedimentos de cálculo que são de aplicação muito geral. O potro é bastante dócil em seu *paddock* habitual. É quando tentamos submetê-lo a alguns arreios conceituais padronizados que os seus hábitos e as nossas intenções entram em conflito, embora nos tenhamos habituado ao comportamento do potro no *paddock* e também, mas separadamente, acostumados, na oficina de arreios, à construção e montagem dos arreios. Controlar esse potro conceitual nesse arreio conceitual envolve-nos em complicações, pelas quais não podemos culpar o potro nem os arreios. Essas excelentes rédeas controlam as patas desse potro excelente. De que modo aquilo que sabemos a respeito das etapas da perseguição vitoriosa de um atleta se casará com o que também sabemos a respeito dos resultados da edição de uma fração de um todo, a essa fração do restante, a essa fração do restante seguinte, e assim por diante?

Por exemplo, a argumentação de Zenão parece provar que Aquiles nunca alcança a tartaruga — nunca, no sentido de que anos, séculos, milênios após o início da corrida Aquiles ainda estará numa desesperada perseguição; de que a corrida é uma corrida eterna, como a do burro que persegue a cenoura suspensa diante de seu focinho. Mas esse sentido de "nunca", no qual toda a eternidade está ocupada em vã perseguição, é muito diferente do sentido de "nunca" quando dizemos, ao falar em termos aritméticos, que a soma de $\frac{1}{2}$, $\frac{1}{4}$, $\frac{1}{8}$, $\frac{1}{16}$, etc., nunca equivale à unidade. Dizer isto é simplesmente enunciar a proposição geral de que qualquer bisseção restante deixa um restante para ser dividido ao meio. A única ligação que este "nunca" tem com o "nunca" de toda a eternidade é que, se um computador imbecil tentasse continuar bissecionando restantes até encontrar um que foi dividido ao meio mas não tinha a segunda metade, a sua tentativa prosseguiria então por toda a eternidade. Um tal computador assemelhar-se-ia, na verdade, ao burro perseguindo a cenoura suspensa à frente do seu focinho. Mas a própria proposição aritmética nada diz a respeito de computadores idiotas ou sensíveis. Não se trata de uma profecia desanimadora em si, porquanto não é, de maneira nenhuma, uma profecia; é apenas uma verdade genérica acerca de uma fração.

Uma ambigüidade semelhante pertence à palavra "todo". Quando um bolo é dividido da maneira mais comum, em seis ou sessenta porções, podemos falar de todas essa porções e enumerá-las. Elas são ao todo seis ou sessenta. Temos um total contável e que corresponde ao bolo inteiro. Quando o bolo é dividido de acordo com o princípio menos comum, em que cada pedaço retirado será apenas uma fração do que ficou após o corte anterior, então podemos mais uma vez usar a palavra "todo" ou "total" da mesma maneira. Podemos falar sobre (e enumerar) os pedaços já retirados na etapa 3, ou os pedaços já retirados na etapa 7, e assim por diante. Neste caso, os pedaços já removidos neste ou naquele estágio específico não equivalem ao bolo inteiro. Neste ou naquele determinado estágio, o que equivale ao bolo inteiro é o total, ainda contável, dos pedaços retirados mais um pedaço que ainda está no prato. Mas, para certos fins, queremos colocar-nos a uma certa distância deste ou daquele estágio específico do processo de divisão do bolo, e falar sobre o modo como se processam esses sucessivos estágios. Por exemplo, queremos dizer, muito genericamente, que todos os cortes deixam resíduos para serem cortados. Ora, neste caso o "todo" não é um total contável — e tampouco é um total incontável. Pois não é um total. O que ele expressa pode ser expresso com idêntica propriedade por "qualquer", ou seja, "qualquer corte deixa um resíduo para ser cortado".

Isto é, no primeiro uso de "todo", poderíamos, em princípio, completar com "todos os seis...", ou "todos os sessenta...". No segundo uso de "todo", não poderíamos completar com "todo" (tantos)..." Não porque sejam *demais*, mas porque "qualquer..." comporta, *ex officio*, a noção de "não importa quais...", e isto não constitui uma noção de totalidade de nenhum tipo, familiar ou insólita.

Lamentavelmente para nós, tivemos de usar aqui as duas noções juntas, a de "todos" (tantos)..." e a de "quaisquer" (não importa quais)...". Pois devemos dizer que em qualquer estágio (não importa qual), todos os *x* pedaços então removidos equivalem a algo menos do que o bolo todo; ou que em qualquer estágio, não importa qual, o total dos *x* pedaços retirados mais um pedaço não retirado equivalem ao bolo todo.

Falamos sobre uma corrida num tom de voz, falamos em aritmética num outro tom de voz; mas ao falar da aritmética de uma corrida temos de misturar os nosos tons de voz e, assim fazendo, podemos facilmente sentir que estávamos — ou até falar como se estivéssemos — falando a partir de lados diferentes de nossa boca ao mesmo tempo.

Resolvemos questões factuais acerca da extensão e duração de uma corrida por um procedimento, ou seja, a medição; resolvemos questões aritméticas por um outro procedimento, ou seja, o cálculo. Mas então, dados alguns fatos acerca da corrida estabelecidos por medição, podemos resolver outras questões acerca dessa corrida mediante cálculos aplicados a essas medições. Os dois procedimentos de resolução de diferentes espécies de questões interligam-se, de algum modo, num método para estabelecer por cálculo fatos concretos e mensuráveis a respeito dessa corrida específica. Temos o potro nos arreios que se destinavam a qualquer potro como esse; entretanto, podemos controlar mal o potro anteriormente controlável em seus arreios anteriormente controláveis. Duas habilidades separadas não se inteligam, no princípio, numa habilidade conjunta.

Reconsiderando agora o imbróglio fatalista que expressamos no *slogan* "Tudo o que é, sempre era para ser", podemos ver sem dificuldade que também nesse caso o nosso problema era uma espécie de problema potro-arreios. O lugar-comum que diz que tudo o que acontece, seja o que for, teria satisfeito qualquer palpite prévio no sentido de que isso aconteceria é um lugar-comum do lógico. Não nos informa sobre o que acontece, mas nos passa um truísmo acerca do que é para uma afirmação no tempo futuro realizar-se. Por outro lado, os lugares-comuns de que muitas coisas que acontecem são por culpa nossa, e de que há algumas catástrofes que podem e outras que não podem ser evitadas, não são truísmos dos lógicos mas truísmos acerca do mundo e dos seres humanos. Diríamos que se trata de truísmos de babá. Na tentativa de sujeitar os truísmos de babá aos truísmos do lógico, perdemos o controle e vimo-nos atribuindo propriedades a ações e acontecimentos que só podem pertencer ao repertório de recursos característicos dos lógicos, a saber, enunciados ou proposições. Estamos falando no tom de voz do lógico acerca do que faz as coisas acontecerem, e depois no tom de voz da babá a respeito de conexões entre verdades. Do mesmo modo, falamos aqui, por assim dizer, num momento com o repórter de esportes de um jornal e, no momento seguinte, com o nosso mestre em matemática; e assim nos encontramos descrevendo uma corrida em termos de numeradores e denominadores, e as relações entre frações em termos de esforços e desesperos.

IV

PRAZER

Os dois exemplares de litígio lógico que consideramos até aqui detalhadamente, ou seja, o debate fatalista e o paradoxo de Zenão, constituíram de certa maneira dilemas acadêmicos. *Permitimos* quase deliberadamente que eles nos preocupassem apenas porque os achamos intelectualmente interessantes. Até certo ponto, eram como enigmas para os quais queremos obter as respostas só porque obter as respostas é um bom exercício. Doravante, pretendo discutir questões que são mais do que enigmas, questões que nos interessam porque nos preocupam; não meros exercícios intelectuais mas dificuldades intelectuais vivas. Há uma característica adicional naquelas duas questões que faltará às que estaremos examinando agora. Aquelas duas questões chegaram a um impasse crucial. Algumas coisas são culpa nossa ou nada é culpa nossa? Podem algumas coisas ser evitadas ou nada pode ser evitado? Aquiles alcança a tartaruga no segundo marco ou continua em vias de alcançá-la assintoticamente *ad aeternum*? Mas daqui por diante raramente ou nunca estaremos na posição simples mas desconfortável de sermos puxados apenas do Norte e do Sul ao mesmo tempo. Estaremos na posição complexa e desconfortável de sermos puxados de numerosas direções ao mesmo tempo.

Nesta conferência, examinarei uma seleção pequena e arbitrária de questões sobre a noção ou conceito de prazer. Mas vocês perceberão desde o início, assim espero, que essas questões envolverão necessariamente um círculo cada vez mais amplo de outros conceitos. Assim como o goleiro não pode guardar o gol a menos que outros jogadores desempenhem também suas respectivas funções, também a função de palavras tais como "desfrutar", "gostar" e "prazer" está *ex officio* entrelaçada com as várias funções de inúmeras outras palavras.

Embora o tópico que discutirei aqui exemplifique alguns dilemas genuínos, o meu motivo para examiná-lo não é somente chamar a atenção para novos exemplares de dilemas. Como preparação para alguns assuntos que nos ocuparão mais adiante, quero mostrar uma espécie de fonte da qual os dilemas podem derivar. Ou seja, desejo mostrar como, ao nível de pensamento no qual temos em primeiro lugar de pensar não apenas *com* mas *sobre* um conceito ou família de conceitos até muito comuns, é natural e mesmo inevitável que comecemos por tentar submetê-los a um código ou padrão que sabemos operar em outros lugares. Os dilemas resultam quando a conduta do novo conscrito diverge do padrão imposto. Um controle bem provado não consegue controlá-lo. Uma criança, ao ouvir que um inspetor do Ministério da Agricultura e da Pesca era um agente do governo, poderia esperar que ele fosse uma espécie de policial. Ela está familiarizada com algumas das funções óbvias dos policiais. Só depois de descobrir que o referido agente não está fazendo o que os policiais fazem e sim algo que os policiais não fazem, e assim por diante, perceberá que inspetores do Ministério da Agricultura não são policiais, e tampouco são carteiros ou salva-vidas ou telefonistas. É mais ou menos do mesmo modo que nós, num nível superior de abstração, só conseguimos situar corretamente um conceito ou família de conceitos depois de termos tentado e fracassado em situá-lo em algum quadro conhecido de idéias — guardando-o, por assim dizer, numa cômoda que usamos regularmente, ou pendurando-o num dos ganchos do aparador onde sempre se guardaram as nossas xícaras e canecas.

As noções de *gostar* e *não gostar* não são noções técnicas. Todos nós as usamos e não existe um círculo de especialistas que, por força de seu treinamento especial ou vocação, sejam autoridades supremas em seu uso. Via de regra, sabemos muito bem, embora sem usar quaisquer métodos especializados de pesquisa, se esta manhã gostamos de alguma coisa ou não, ou até, de um modo mais genérico, se preferimos o vôlei ao futebol. Também não surge qualquer embaraço lógico enquanto estamos fazendo o nosso uso cotidiano, terra-a-terra, dessas noções familiares, ou seja, *grosso modo*, quando não estamos falando sobre prazer, mas sobre os jogos, vinhos ou piadas de que gostamos ou não gostamos. Num certo uso da palavra "sobre", uma pessoa que diz que gostava mais de ler Dickens do que Jane Austen, mas agora prefere esta àquele, poderia negar que estivesse falando sobre prazer. Ela estava falando sobre dois romancistas. Estaria querendo dizer que só estaria falando sobre prazer quando começasse a discutir generalidades como, por exemplo, se as pessoas devem colocar sempre o dever acima do prazer ou se o fato de mais pessoas gostarem dos romances de Marie Corelli do que dos de Jane Austen prova que os primeiros são melhores. Neste caso, estaria falando sobre prazer, ou seja, no primeiro caso estaria discutindo a questão de um moralista sobre as relações entre dever e prazer; na outra, a questão de um crítico literário sobre as relações entre prazer e gosto literário.

Existem muitos campos de discurso sobrepostos, nos quais, muito antes de começar o filosofar, as generalidades sobre prazer estão destinadas a vir à baila e ser debatidas. O educador moral ao inculcar padrões de conduta, o psicólogo ao tentar classificar as motivações da ação humana, o economista ao correlacionar diferenças de preços com diferenças no nível de preferências dos consumidores, e o crítico de arte ao comparar os atrativos de diferentes obras de arte, todos falam necessariamente em termos gerais, entre muitas outras coisas, sobre o prazer que os seres humanos sentem ou devem sentir em diferentes coisas. É na interação dessas generalidades e outras afins, sobre cuja verdade, quando consideradas separadamente, não temos dúvidas gerais, que surgem os nossos problemas característicos.

Começo por considerar um exemplo de equipamento teórico que alguns pioneiros em teoria psicológica, com natural excesso de confiança, tentaram anteriormente atrelar à noção de prazer. Pensando em sua missão científica como a de copiar para o mundo mental o que os físicos tinham feito para o mundo material, procuravam contrapartidas mentais das forças em cujos termos foram dadas explicações dinâmicas dos movimentos dos corpos. Que fenômenos passíveis de introspecção fariam pela conduta humana intencional o que a pressão, o impacto, a fricção e a atração fazem pelas acelerações e desacelerações de objetos físicos? Desejo e prazer, aversão e dor, pareciam admiravelmente qualificados para desempenhar os papéis requeridos; tanto mais que, como é de conhecimento comum, as pessoas normalmente querem o que terão prazer em ter quando o obtiverem, normalmente ficam satisfeitas por obter o que queriam ter, e, quando escolhem entre uma coisa e uma outra, preferem a coisa que escolhem à coisa que rejeitam. Esses estados de espírito são variáveis tanto em grau quanto em duração. Seria de se esperar que algo como o paralelogramo de forças se aplicasse aos nossos gostos e desgostos, desejos e aversões, convergentes e divergentes.

Logo, parecia razoável estabelecer como axiomas da dinâmica humana proposições plausíveis, embora também implausíveis, como de que todos os desejos são desejos de prazer; de que todas as ações intencionais são motivadas pelo desejo de um aumento líquido na quantidade de prazer do agente ou de um decréscimo líquido na quantidade de sua dor; e de que a eficácia dinâmica de um prazer só difere daquela de um outro prazer se o primeiro é maior, isto é, mais intenso ou mais prolongado, ou ambas as coisas, do que o último. Parecia uma dedução óbvia, embora desagradável, desses axiomas que a altruísta difere do egoísta somente pelo fato de que a satisfação dos próprios prazeres do altruísta é de um tipo que aumenta os prazeres de outras pessoas. É porque significa um prazer para ele propiciar deleite aos outros que o altruísta atua, como dizemos incorretamente, de forma abnegada. Somente a perspectiva de prazer para si mesmo pode levá-lo a agir assim.

Essa representação de prazeres como efeitos de atos, o desejo que é a causa daqueles atos geradores de tais efeitos, parecia adequar-se ao agrupamento já predominante de prazer e dor. Assim como as ferroadas de vespa nos doem, e como o medo das ferroadas é o que comumente nos impele a ficar distantes de vespeiros, também, mas em sentido oposto, os prazeres foram interpretados como sentimentos engendrados por ações e outros acontecimentos; e o desejo de possuir esses sentimentos foi interpretado como sendo o que nos incita a desempenhar ou a obter coisas que os produzam; e como as dores diferem em duração e intensidade, e são piores quanto maior sua duração e quanto mais intensas, assim, de acordo com essa teoria dinâmica, os prazeres tinham de ser sentimentos ou sensações análogas, capazes de variações quantitativas análogas. Com efeito, era comumente aceito que o prazer está para a dor como o calor para o frio ou a rapidez para a lentidão, ou seja, é o que ocupa a extremidade oposta da mesma escala. A medição e o cálculo de montantes de prazer serão justamente o reverso da medição e cálculo de montantes de dor. Quantidades positivas de um são quantidades negativas da outra.

Ora, ainda que nos seja dito, com efeito, por esse tipo de teoria que o papel do conceito de *prazer* é a contrapartida precisa do papel do conceito de *dor*, assim como o conceito de *norte* é a contrapartida do conceito de *sul*, existem objeções insuperáveis para representá-las como contrapartidas propriamente ditas. Estamos dispostos a dizer que algumas coisas nos machucam, enquanto que outras nos deleitam ou satisfazem; e dispostos a dizer que algumas coisas nos causam dor, ao passo que outras nos causam prazer. Mas nos esquivamos de dizer, por exemplo, que dois minutos atrás eu tive uma dor e um minuto atrás tive um prazer, ou que enquanto a minha dor de cabeça foi o efeito de forçar a vista, o meu prazer foi o efeito de uma boa piada ou do aroma de uma rosa. Podemos indicar ao médico onde dói e se é uma dor latejante, lancinante ou cáustica, mas não lhe podemos dizer, nem ele pergunta, onde temos prazer, ou se é um prazer latejante ou constante. A maioria das perguntas que podem ser feitas a respeito de dores contínuas, pruridos ou outras sensações ou sentimentos não podem ser formuladas acerca de nossos gostos e aversões, das coisas que nos agradam ou desagradam. Numa palavra, o prazer não é uma sensação e, portanto, não é uma sensação que esteja na mesma escala que uma dor contínua ou uma pontada.

Outras considerações confirmam esse ponto. Algumas sensações, como certas coceiras, são agradáveis; outras, como algumas outras coceiras, são sumamente desagradáveis ou incômodas. Uma sensação escaldante pode ser penosa, ao passo que a sensação escaldante igualmente aguda proporcionada por um gole de chá quente pode ser agradável. Em raras ocasiões, podemos até dizer que alguma coisa dói e, no entanto, gostamos dela ou, pelo menos, não lhe damos importância. Se o prazer fosse corretamente classificado como uma sensação, seria de se esperar a possibilidade de também se descrever, correspondentemente, algumas dessas sensações como agradáveis, algumas como neutras e outras como desagradáveis, e, no entanto, é claro que isso não ocorrerá. As duas últimas seriam contradições, a primeira uma redundância, ou pior. Se estive apreciando um jogo, não é preciso que tenha havido alguma outra coisa em desenvolvimento, além do jogo, que também é motivo de desagrado ou de deleite, ou seja, alguma sensação ou sentimento especial em mim engendrado pelo jogo.

Uma pessoa cujo pé está sendo machucado por um sapato apertado ou cujo dedo está sendo tocado de leve por uma borboleta pode atentar para a dor ou a cócega sem pensar sobre o que está causando a sensação; ou pode estar pensando no sapato ou na borboleta sem prestar a menor atenção à dor ou à cócega. Não só pode haver algo machucando ou provocando coceira, sem que a própria pessoa saiba o que é, como também ela pode estar tão absorvida por alguma outra coisa que, durante algum tempo, esquece totalmente sua dor ou cócega, assim como o que a está causando. Mas fruição e desagrado estão relacionados com a atenção e o conhecimento de modos inteiramente diferentes. É impossível, não psicológica mas logicamente impossível, que uma pessoa esteja gostando da música enquanto não está prestando a menor atenção, ou que esteja detestando o vento e a chuva de granizo enquanto está completamente absorvida numa briga com seu companheiro. Há uma espécie de contradição em se descrever alguém que está gostando ou não gostando de alguma coisa distraidamente.

Nem se pode conceber que a pessoa peça que se diga do que ela está gostando ou não está gostando; ela só poderá pedir que se identifique para ela um aroma delicioso ou que se descreva algo que não tenha percebido no tom de voz de alguém. Prazer e desagrado não requerem diagnóstico do modo como as sensações podem requerer. O fato de que passei a gostar de algumas coisas e a não gostar de outras tem uma explicação, e essa explicação eu posso conhecer ou não. Mas quando acabo de me divertir com alguma boa piada, a pergunta "O que foi que me deu esse prazer?" não espera por uma resposta. Pois eu já sei, é claro, que era uma piada, e que foi essa piada que me divertiu.

Assim como uma sensação ou sentimento é um predecessor, um concomitante ou um sucessor de outros acontecimentos, o prazer não é predecessor, concomitante ou sucessor de coisa nenhuma. O meu pé pode doer, contínua ou intermitentemente, enquanto estou com o sapato e depois que o descalcei. A pressão do dedo machucado e a dor que causa podem ser registradas separadamente. Mas quando gosto ou não gosto de uma conversa, não existe, além dos trechos facilmente cronometráveis da conversa, algo mais, cujos trechos pudessem ser separadamente cronometrados, algum fenômeno contínuo ou intermitente introspectível que seja "agradabilidade" ou "desagradabilidade" da conversa para mim. Eu poderia, de fato, gostar dos primeiros cinco minutos e dos últimos três minutos da conversa, detestar uma fase intermediária e não ter o menor interesse, de uma forma ou de outra, por alguma outra fase. Mas se solicitado a comparar em retrospecto as durações de meus agrados e desagrados com as durações dos períodos de conversa que me agradaram ou desagradaram, eu seria incapaz de pensar em duas coisa cujas durações pudessem ser comparadas. Também o meu prazer em contribuir para a conversa e em escutá-la não pode ser uma atividade ou experiência colateral que exija uma parte do meu interesse ou atenção, do modo como uma cócega poderia desviar a minha atenção da borboleta.

É muito mais correto dizer que meu agrado e meu desagrado não são objetos especiais de um possível interesse secundário, introspectivo, mas, antes, qualidades especiais do meu interesse real na conversa; e que esse próprio interesse não é uma concomitante das minhas atividades conversacionais ativas e receptivas, mas é uma qualidade especial dessas próprias atividades.

Poder-se-á pensar que, no fim de contas, é uma falta perdoável e sem importância classificar erroneamente o prazer como sensação. Não há grande dano, em circunstâncias comuns, em classificarmos erradamente os coelhos como espécies de rato ou a ervilha-de-cheiro como uma espécie das umbelíferas. Mas a nossa classificação errônea é de tipo diferente. Não é o caso de tentar pescar um salmão conceitual com uma vara de pescar trutas conceitual, em vez de usar a vara correta para salmão; é, isso sim, o caso de tentar pescar um salmão conceitual com um taco de críquete ou com um ás de espadas.

Seguem-se conseqüências muito mais importantes. A assimilação de agrados e desagrados a sensações era apenas um item do programa geral de construção de uma teoria dinâmica da conduta humana, teoria essa em que coisas como vontades e gostos forneceriam as contrapartidas mentais para as pressões, impactos, fricções e atrações da teoria mecânica. As noções psíquicas passariam a ser calculáveis quando as durações e intensidades de desejos e prazeres se tornassem mensuráveis ou avaliáveis, e quando as composições de complexos dessas forças pudessem ser analisadas em seus componentes. Um prazer é necessariamente algo que tem uma determinada magnitude, pelo menos em duração e intensidade. Deve ser um processo que corresponde exatamente ao processo de algo que aplica fricção a alguma coisa. Mas as nossas objeções à classificação do prazer ao lado das sensações teve o efeito muito geral, se não me engano, de mostrar que o prazer não é um processo de qualquer tipo. O conceito de fruição não passará pelos meandros lógicos dos processos. Os processos são caracterizáveis como relativamente rápidos ou lentos mas, como viu Aristóteles, não posso desfrutar de alguma coisa rápida ou lentamente. Seja qual for o lugar, e é com certeza um lugar importante, das noções de agrado e desagrado na descrição da conduta humana, não é o lugar requerido para elas pela teoria dinâmica projetada. Não adianta dizer que este potro devia ajustar-se àqueles arreios ou que deve ser refeito de modo a que suas formas anatômicas se ajustem a eles. Os arreios é que são inadequados e devem ser jogados fora ou usados em outro animal.

Pode-se dizer algo ainda mais genérico. As dores são os efeitos de coisas tais com a pressão de um sapato num dedo do pé, e são as causas de coisas tais como crispações. A idéia da teoria dinâmica projetada da conduta humana era que o prazer deveria ser, do mesmo modo, o que causa alguma coisa, a saber, as ações humanas, e ser o efeito de outras coisas, de modo tal que pudessem existir regularidades causais dos padrões "Sempre que isso, então um prazer" e "Sempre que um prazer, então isso". (A própria estranheza desses enunciados indica algum desajustamento lógico.)

Presumia-se que um prazer tem de ser uma ocorrência registrável, assim como o fulgor de um relâmpago e o estampido de um trovão constituem ocorrências registráveis, se é que as proposições da desejada ciência da natureza humana devem ter uma forma oficialmente prescrita. Não é preciso determo-nos neste ponto para questionar as credenciais dessa doutrina de que todos ou os melhores enunciados científicos são da venerada forma "relâmpago-trovão". O que se quer é compreender que os enunciados sobre nossos gostos e aversões não serão transformados, sem violência lógica, em enunciados do modelo "relâmpago-trovão". Se podemos indagar a duração do intervalo entre o relâmpago e o estampido, não podemos indagar a duração do intervalo entre captar o intuito de uma piada e saboreá-la — e não porque captar o sentido da piada e saboreá-la sejam acontecimentos sincrônicos, como alguns estampidos de trovão que são ouvidos no mesmo instante em que é visto o relâmpago, mas porque não há dois acontecimentos a serem sincrônicos *ou* separados. Relâmpago e trovão são fenômenos distinguíveis, sejam eles sincrônicos ou não. Mas a percepção e a fruição de uma piada não são, nesse sentido, dois fenômenos diferentes, embora sejam saboreadas outras coisas que não piadas, e embora algumas piadas sejam vistas mas não saboreadas. Embora os estampidos de trovão nunca ocorram na ausência de relâmpago, podemos concebê-los desse modo. Mas não podemos conceber a ocorrência autônoma do gostar. Não faria o menor sentido a declaração de que alguém simplesmente tinha gostado, assim como não o faria a afirmação de que alguém simplesmente se interessou ou absorveu. O verbo "gostar" é transitivo, ao passo que os verbos "trovejar" e "retumbar" não o são.

Quem conhece alguma coisa sobre a história das teorias psicológicas hedonistas e das teorias éticas hedonistas e utilitárias sabe como, em toda a extensão do *front*, travaram-se batalhas locais entre os defensores dessas teorias e as pessoas que, com ou sem outras teorias ou dogmas para sustentá-las, eram antagonizadas por vários corolários e apêndices dessas teorias gerais. As pessoas sentiram nos ossos que uma coisa era dizer — o que todos dizem — que, exceto em circunstâncias especiais, o que fazemos de propósito agrada-nos mais do que nos desagrada, e que ficamos mais satisfeitos do que arrependidos por fazê-lo; e outra coisa muito diferente era dizer que em todas as ações propositais estamos deliberadamente tentando obter para nós próprios a quantidade máxima da sensação de prazer. A primeira é um truísmo inofensivo, a segunda soa como uma descoberta científica — e de natureza muito inquietante. Também é um truísmo inofensivo o fato de as pessoas generosas e cordiais gostarem de proporcionar prazer e felicidade às outras. Mas parece um paradoxo desmoralizador dizer que a conduta altruísta é simplesmente uma espécie de conduta motivada pela satisfação dos próprios prazeres, ou que as pessoas generosas e cordiais são simplesmente pessoas a quem ocorre que as satisfações calculadas para si mesmas requerem que outras pessoas também as obtenham.

Mas não precisamos saber nada a respeito da história das teorias hedonistas ou utilitárias para perceber os tipos de antagonismos que elas provocam. Pois nós mesmos tivemos os nossos momentos hedonísticos e utilitários, e sentimos as nossas próprias inquietações com eles. Sentimos, de modo pouco articulado, que as noções básicas de agrado e desagrado, que penetram tão profundamente e, no entanto, de forma nada tendenciosa em nossas reflexões autobiográficas e biográficas cotidianas, sofreram alguma transformação sutil e suspeita quando apresentadas como as forças básicas que explicam todas as nossas escolhas e intenções. Por outro lado, não só aprendemos a pensar em termos de milhares de generalidades proverbiais, pedagógicas, judiciais e homiléticas acerca do que agrada ou desagrada às pessoas, como sentimos a necessidade de organizar essas generalidades, em harmonia com outras generalidades afins, talvez em algo como um código ético, talvez em algo como uma teoria psicológica, explanatória, talvez em algo como um esquema teológico ou religioso, ou, mais provavelmente, numa vaga associação de todas essas coisas juntas. Embora saibamos como pensar autobiograficamente e biograficamente acerca dos gostos e aversões das pessoas, nem por isso chegamos a saber muito bem como ligar as generalizações acerca desses pensamentos em códigos, teorias ou esquemas. Portanto, não começamos por ter as ferramentas ou as habilidades com as quais corrigir ou rejeitar, por exemplo, uma psicologia dinâmica sugerida que retirou uma folha tão meritória de um livro tão célebre como o da física do século XIX. Pelo contrário, estamos meio persuadidos desde o início de que aquilo que é declarado no jargão de uma teoria científica deve ser em si mesmo uma teoria científica.

Eu poderia colocar este ponto, com deliberado exagero, dizendo que todos sabemos, é claro, como conduzir os nossos assuntos informativos e argumentativos cotidianos com os verbos "gostar", "detestar" e "machucar"; e, no entanto, não sabemos como conduzir os nossos assuntos com substantivos abstratos como "prazer", "aversão" e "dor", pois tudo o que as generalidades expressaram com a ajuda desses desconfortáveis substantivos abstratos pode não ser mais do que destilações de um tipo ou de outro, a partir do que é transmitido com a ajuda daqueles verbos confortáveis. Sabemos que tipos de coisas podemos e não podemos dizer a respeito das pessoas gostarem ou não gostarem de coisas; mas não sabemos necessariamente também que tipos de coisas podemos e não podemos dizer sobre o prazer. Não falamos em construções "relâmpago-trovão" a respeito de as pessoas gostarem ou não gostarem de coisas; mas isso não nos livra de sermos persuadidos pelo teórico que diz, em termos gerais e num tom de voz científico, que o prazer está para aquilo que o causa como o trovão está para o relâmpago ou a dor para a queimadura. Pois uma coisa é empregar eficazmente um conceito e outra muito diferente é descrever esse modo de emprego; assim como uma coisa é fazer uso apropriado de moedas e notas em transações comerciais, e outra coisa é falar com coerência em termos contábeis ou econômicos. A eficácia numa tarefa é compatível com a incompetência na outra, e uma pessoa que não é facilmente ludibriada quando faz compras ou recebe um troco pode facilmente ser enganada pelas teorias mais descabidas sobre valores de troca.

Quero agora esboçar uma outra maneira pela qual se tentou determinar o papel da noção de prazer na descrição da vida e da conduta humanas. Essa segunda tentativa de aparelhamento conceitual, conforme a descrevo, terá provavelmente para o leitor uma aparência antiquada, pré-científica. Foi por isso, em parte, que escolhi considerá-la, pois nem todos os esquemas intelectuais são ou pretendem ser teorias científicas. Mas também escolhi analisá-la por outra razão, ou seja, o fato de esse aparato conceitual antiquado ainda ter seus atrativos. Até pessoas refinadas como nós mesmos reincidem no seu uso e depositam nela alguma confiança.

Em dado momento, pensou-se que o problema quanto ao tipo de termos em que a natureza humana deveria ser descrita seria solucionado, ou parcialmente solucionado, recorrendo-se deliberadamente aos idiomas da política. As instituições, práticas e classes de uma comunidade política grega ou romana desenvolvida eram coisas necessariamente suscetíveis de descrição, uma vez que os seus estadistas, juízes, advogados, embaixadores e funcionários administrativos precisavam comunicar ao público suas recomendações, sentenças, informações e decisões sobre essas matérias. A linguagem da política é uma linguagem bem desenvolvida, e grande parte dela, embora não toda ela, torna-se parte da linguagem de quase todos os cidadãos da comunidade. Não é o código privado de um círculo privilegiado. Ora, pode ser conveniente e proveitoso, por várias razões, falar da constituição de um ser humano em linguagem política. Assim como a assembléia ou o parlamento de uma comunidade delibera, discute e decide, também cada um de nós delibera, discute e decide por si mesmo. Assim como as leis podem ser desobedecidas, e as deliberações públicas podem ser interrompidas ou degenerar em brigas entre facções, também nós, indivíduos, abrigamos os nossos próprios transgressores da lei e os nossos próprios tribunais. À turba desregrada num Estado correspondem os elementos potencialmente subversivos em nós mesmos, exigindo sempre disciplina e, por vezes, repressão. O autocontrole aqui é o que o governo dos governados é ali. Em particular, parece apropriado equiparar coisas tais como terror, ódio, ganância, indolência e inveja com os desordeiros, rebeldes e a *canaille* de uma sociedade. Uma pessoa dominada por tais paixões é como uma comunidade em que a lei e a ordem estão suspensas. Um homem furioso ou tomado de pânico não pode escutar a voz da razão. Não pode pensar com clareza ou acatar os conselhos daqueles que pensam lucidamente. A paixão prepondera. O governo cedeu o lugar ao império da multidão. O homem, tal como o Estado, está dividido contra si mesmo.

Hoje em dia esse paralelo nos impressiona como não muito mais do que uma metáfora surpreendente e pitoresca. Ficaríamos um tanto surpresos por vê-la descrita e desenvolvida até num sermão, mas deveríamos ficar ainda mais surpresos ao vê-la sendo usada como espinha dorsal teórica de um livro sobre psicologia. Pois já tivemos duzentos anos de teorias psicológicas, cujas tramas foram emprestadas da mecânica, da química e, mais recentemente, da biologia. Também tivemos quase dois mil anos de um esquema religioso e teológico de idéias, cuja trama teórica, embora certamente não extraída de nenhuma ciência, tampouco foi extraída de qualquer conjunto de idéias políticas e jurídicas gregas ou romanas.

Não obstante, continuamos tendo os nossos momentos platônicos — momentos, na verdade, em que parece muito menos exageradamente forçado ou artificial descrever um homem cuja ira está fora de controle por analogia com uma insurreição num Estado do que por analogia com, digamos, um desequilíbrio entre duas forças. Em particular, os nossos propósitos morais são mais bem servidos pelos tons de voz dos discursos políticos do que pelo tom de voz das explicações mecânicas.

Não temos por que nos preocupar aqui em encontrar paráfrases não pitorescas para as representações de controle e perda de controle da fúria e do terror em termos da manutenção e colapso da lei e da ordem. Minha observação imediata é de que essa própria representação não atribuiu um nicho político adequado para o prazer. Se, revivendo uma palavra que hoje está um tanto fora de moda, dermos o título de "paixões" às agências potencialmente subversivas num homem, ou seja, o terror, a fúria, o júbilo, a repugnância, o ódio, o desespero e a exultação, então gostar ou não gostar de algo não é ser vítima de uma paixão. Terror, fúria e júbilo podem ser paroxismos ou frenesis. Uma pessoa em tal estado perdeu, por algum tempo, a cabeça ou empolgou-se a tal ponto que perdeu a noção de equilíbrio. Se uma pessoa é perfeitamente comedida em suas deliberações e movimentos, não pode, logicamente, ser descrita como furiosa, revoltada ou em pânico. Um certo grau de loucura temporária é, por definição implícita, uma característica interna da paixão, nesse sentido de "paixão". Mas nenhuma dessas conotações se liga ao prazer — embora estejam associadas, é claro, a condições como viva emoção, arroubo, êxtase e convulsão. Se um participante numa discussão ou num jogo sente grande satisfação na discussão ou no jogo, nem por isso está impedido de manter-se mentalmente alerta. Senão, quanto mais hábil uma pessoa fosse no golfe ou em tocar violino, menos seria capaz de fazer essas coisas inteligentemente. Se gostar de uma coisa num certo grau colocasse a pessoa, nesse mesmo grau, fora de si, então o desempenho de todas as suas ocupações favoritas deixá-la-ia tresloucada. A absorção completa em alguma coisa acarretaria a total incapacidade para pensar no que se estivesse fazendo, e isso é um absurdo. A tranqüilidade completa não exclui o grande prazer. O conceito de gostar recusa-se a passar pelos mesmos meandros lógicos da fúria, do desespero, do pânico ou do júbilo. Nem mesmo é um arroubo moderado, pois não se trata de nenhum arroubo. O gostar não é algo que refreamos ou deixamos de refrear, que reprimimos ou deixamos de reprimir, que controlamos ou deixamos de controlar. Se tentarmos, entusiástica ou timidamente, deslindar a constituição do microcosmo humano contra as letras maiúsculas de um macrocosmo político, talvez possamos ler algumas das relações entre governantes e governados em algumas das relações entre as deliberações do indivíduo e suas paixões. Mas seus gostos e aversões não são réplicas em miniatura de qualquer dos elementos desse tecido político. O nosso potro conceitual ajusta-se tão mal a esses arreios emprestados quanto aos arreios emprestados da dinâmica psicológica do século XIX.

Mas não devemos ser ingratos a esses dois equipamentos emprestados. Aprendemos os poderes de uma ferramenta emprestada paralelamente à aprendizagem de suas limitações, e descobrimos as propriedades do material tanto quando apuramos como e por que a ferramenta emprestada é ineficaz para lidar com esse material, como quando apuramos de que modo e por que ela é eficaz. No fim, projetamos a ferramenta para esse material — no fim, mas nunca no começo. No início, ainda temos de descobrir as primeiras coisas acerca das maneiras pelas quais o material é ou não é manipulável; e nós o exploramos ensaiando implementos com os quais já aprendemos a trabalhar outros materiais. Não existe outra maneira de começar.

A noção de prazer deixou de ser, em nossos dias, o tópico de controvérsias acaloradas — mas não, em meu entender, pela razão que levou filósofos, pregadores, psicólogos, economistas e educadores a concordar, finalmente, com o seu papel lógico. Eles abandonaram o assunto, acho eu, porque os pensadores do século XIX o condenaram à morte. Foi empregado como a criada para todo o serviço, que sempre confundia e misturava as tarefas para as quais os doutrinários declaravam que ela tinha as qualificações apropriadas.

Para retomar um fio que deixei solto numa fase anterior, podemos dizer que se alegou erradamente que os conceitos de gosto e aversão eram da mesma categoria da dor; da mesma categoria dos tipos de ocorrência que se ordenam como causas e efeitos de outras ocorrências; e da mesma categoria que as paixões de terror, desapontamento, repugnância ou regozijo. Dizer isto é apenas formular a promessa geral de que serão encontrados métodos em que os conceitos de gosto e aversão resistam às tentativas de lhes atribuir mesmo que uma paridade rudimentar de manipulação discursiva com os conceitos dessas outras famílias. As disciplinas lógicas que controlam esses outros não os controlam. Os dilemas derivam de paridades de raciocínio imputadas erradamente. A maioria das questões acerca de uma pessoa que seriam respondidas, verdadeira ou falsamente, por afirmações acerca de suas sensações, ou, o que é muito diferente, por declarações a respeito de seus arroubos, crises ou tempestades, não seriam respondíveis, falsa ou verdadeiramente, por afirmações sobre seus gostos e aversões, e vice-versa. O goleiro nunca se nega ao jogo nem respeita o naipe do trunfo; não compra nem vende; não condena nem solta sob caução. Está numa outra linha de negócio.

V

O MUNDO DA CIÊNCIA E O MUNDO COTIDIANO

Até aqui, estive procurando expor algumas das características suscetíveis de caracterizar litígios entre teorias ou linhas de pensamento não antagônicas, mediante o exame de algumas questões bastante especiais e localizadas. Minha expectativa e esperança é de que o leitor tenha sentido que o dilema fatalista, o dilema de Zenão, e meus quebra-cabeças acerca do prazer são todos, embora de maneiras diferentes, emaranhados um tanto periféricos ou marginais — emaranhados cujo deslindamento não promete conduzir por si só ao esclarecimento dos emaranhados que realmente importam, exceto na medida em que possam ser instrutivos como exemplos. Doravante estarei discutindo uma teia de aranha de dificuldades lógicas, que não está isolada num canto da sala, mas bem no meio dela. Refiro-me à notória dificuldade em torno das relações entre o Mundo da Ciência e o Mundo Cotidiano.

Preocupamo-nos freqüentemente com as relações entre o que chamamos "o mundo da ciência" e "o mundo da vida real" ou "o mundo do senso comum". Às vezes, somos até estimulados a nos preocupar com as relações entre "a escrivaninha da física" e a escrivaninha em que escrevemos.

Quando estamos num certo estado de espírito intelectual, parece que descobrimos choques entre as coisas que os cientistas nos dizem sobre nossos móveis, nossas roupas e nossos membros, e as coisas que nós dizemos a respeito deles. Somos capazes de expressar essas divergências sentidas dizendo que o mundo cujas peças e membros são descritos pelos cientistas é diferente do mundo cujas peças e membros nós próprios descrevemos; e, no entanto, como só pode existir um mundo, um desses pretensos mundos deve ser fictício. Além disso, como hoje em dia ninguém é suficientemente ousado para contestar a ciência, o mundo que descrevemos é que deve ser fictício. Antes de abordar diretamente essa questão, permitam-me recordar-lhes uma questão parcialmente paralela que, embora afligisse nossos bisavós e avós, já não nos aflige seriamente nos dias atuais.

Quando a Economia estava ingressando em sua adolescência como ciência, as pessoas pensantes sentiam-se divididas entre duas descrições antagônicas do Homem. De acordo com a descrição nova, fria e realista apresentada pelos economistas, o Homem era uma criatura motivada unicamente por considerações de lucros e prejuízos — ou, pelo menos, era isso na medida em que fosse esclarecido. A conduta de sua vida, ou pelo menos de sua vida racional, era governada pelos princípios de Oferta e Demanda, Rendimentos Decrescentes, lei de Gresham e alguns outros. Mas o Homem assim descrito parecia ser desastrosamente diferente do Homem retratado pelo pregador, o biógrafo, a esposa ou o próprio homem. Qual deles era, pois, o verdadeiro homem e qual o homem fictício: o Homem Econômico ou o Homem Cotidiano?

A escolha era difícil. Como se poderia votar contra o Homem Econômico sem tomar partido pela história não científica contra a científica? Parecia haver um antagonismo mortal entre o que os economistas diziam acerca dos motivos e planos de ação dos seres humanos e o que as pessoas comuns diziam acerca dos motivos e planos de ação das pessoas com quem viviam — e era esta última história a que parecia estar irremediavelmente condenada. O irmão, que comumente descrevo como hospitaleiro, dedicado ao seu ramo de saber e desinteressado pelo saldo de sua conta bancária, deve ser um irmão fictício, se eu levar a ciência a sério. O meu irmão real, o meu Irmão Econômico, está interessado exclusivamente em maximizar seus lucros e minimizar seus prejuízos. Aqueles seus esforços e desembolsos que não compensam são realizados na ignorância das condições do mercado ou então em sua estupidez ao efetuar seus cálculos.

Penso que superamos esse sentimento, que nossos avós tinham, de que precisamos escolher entre o Irmão Econômico e o irmão que conhecemos. Já não pensamos nem somos tentados a imaginar que aquilo que os economistas dizem a respeito das atividades de mercado de homens que querem minimizar prejuízos e maximizar lucros seja um diagnóstico geral dos motivos e intenções das pessoas. Percebemos que não existe incompatibilidade entre (1) dizer que o meu irmão não está muito interessado em transações comerciais e (2) dizer que se e quando está envolvido em tal transação com o propósito de obter o melhor resultado possível, então ele escolheu o mais barato entre dois artigos semelhantes e investiu suas poupanças onde os riscos de prejuízo são relativamente leves e as perspectivas de dividendos, relativamente boas. Isso significa que já deixamos de supor que o economista está oferecendo uma caracterização ou mesmo uma descrição depreciativa do meu irmão ou do irmão de qualquer pessoa. Ele está fazendo algo muito diferente. Está oferecendo uma descrição de certas tendências do mercado, a qual se aplica a ou abrange meu irmão na medida em que ele está pessoalmente envolvido em questões de mercado. Mas não afirma que ele deve preocupar-se, ou preocupa-se com freqüência, ou preocupa-se sempre, com tais assuntos. De fato, nem o menciona. Fala certamente a respeito do Consumidor, ou refere-se ao Inquilino, ao Investidor ou ao Empregado. Mas é importante dizer que esse personagem anônimo nem é meu irmão nem *não* é meu irmão, mas irmão de outra pessoa. Não tem sobrenome, embora as pessoas que têm sobrenome sejam com freqüência, entre milhares de outras coisas que são, consumidores, investidores, inquilinos e assalariados. De certa forma, o economista não está falando sobre o meu irmão ou o irmão de quem quer que seja. Ele não sabe nem precisa saber que tenho um irmão, ou que espécie de homem ele é. Nada do que o economista diz precisaria ser mudado se o caráter ou o modo de vida de meu irmão mudasse. Entretanto, sob um outro aspecto, o economista certamente está falando sobre meu irmão, uma vez que está referindo a qualquer pessoa, seja ela quem for e como for, que faz compras, investe sua poupança ou ganha um salário, e o meu irmão preenche esses requisitos.

Esopo contou a história de um cão que largou seu osso para apanhar o reflexo tentador do osso numa poça de água. Nenhuma criança pensa que Esopo pretendeu apenas contar um episódio a respeito de um cão de verdade. A intenção foi transmitir uma lição a respeito dos seres humanos. Mas que espécie de seres humanos? Talvez Hitler. Mas Esopo não sabia que haveria um Hitler. Bem, a respeito do Homem Comum. Mas não existe uma pessoa que seja o Homem Comum. A história de Esopo era, por um lado, sobre Hitler ou sobre qualquer outra pessoa que o leitor prefira designar. Por outro lado, não era a respeito de qualquer pessoa que o leitor possa nomear. Quando nos esclarecemos a respeito das diferentes medidas em que uma pessoa é ou não é o que um enunciado moral ou econômico descreve, deixamos de pensar ou que o meu irmão é um Homem Econômico bem camuflado ou então que o economista nos está pedindo para acreditarmos em fábulas. O conflito mortal que nossos avós sentiam existir entre ciência econômica e vida real já não nos preocupa muito — pelo menos até nos tornarmos suficientemente instruídos para pensar não em nossos irmãos, mas a respeito do Capitalista e do Trabalhador. Eles, é claro, são muito diferentes dos irmãos das pessoas.

Mas penso que ainda não superamos o sentimento de que existe uma rixa entre o mundo da ciência física e o mundo da vida real, e de que um desses mundos, presumivelmente — é triste dizer — o que nos é familiar, é fictício. Quero persuadir o leitor de que essa noção é o produto de uma importante variedade de conflitos entre teorias, e mostrar-lhe algumas das fontes desses conflitos.

A título de prefácio à parte séria da argumentação, quero desinflar duas idéias superinfladas, das quais deriva não a validade mas parte da persuasividade da argumentação a favor da inconciliabilidade do mundo da ciência com o mundo cotidiano. Uma é a idéia de *ciência*, a outra a de *mundo*.

(*a*) Não há um animal "Ciência". Há dezenas e dezenas de ciências. A maioria dessas ciências são tais que a familiaridade com elas ou, o que é ainda mais cativante, o conhecimento por "ouvir dizer" a respeito delas não tem a mais leve tendência a nos fazer contrapor o seu mundo ao mundo cotidiano. A filologia é uma ciência, mas nem mesmo as divulgações de suas descobertas fariam qualquer um sentir que o mundo da filologia não pode ser ajustado ao mundo das pessoas, coisas e acontecimentos familiares. Deixemos os filólogos descobrirem tudo o que é passível de descoberta acerca das estruturas e origens das expressões que usamos; entretanto, suas descobertas não têm tendência a nos fazer rejeitar como meras ficções as expressões que usamos e que os filólogos também usam. A única divisão da mente que é induzida em nós pela aprendizagem de qualquer uma das lições da filologia assemelha-se à que, por vezes, experimentamos quando nos dizem, por exemplo, que o nosso velho e conhecido peso de papéis foi em outros tempos um machado usado por um guerreiro pré-histórico. Algo extremamente comum também se torna, por um momento, impregnado de história. Um mero peso de papéis também se converte, apenas por um momento, numa arma mortal. Mas é só isso.

A maior parte das outras ciências também não nos dá o sentimento de que vivemos nossas vidas cotidianas num mundo quimérico. Botânicos, entomologistas, meteorologistas e geólogos não parecem ameaçar as paredes, pisos e tetos de nosso lugar de moradia. Pelo contrário, parecem aumentar a quantidade e melhorar a disposição do mobiliário. Nem mesmo, como se poderia supor, todos os ramos da ciência física engendram em nós a idéia de que o nosso mundo cotidiano é um mundo fictício. As descobertas e teorias de astrônomos e astrofísicos podem fazer-nos sentir que a Terra é muito pequena, mas só porque nos fazem sentir que a abóbada celeste é imensa. A insidiosa suspeita de que o terrestre e o supraterrestre são, da mesma forma, simples cenários pintados não é gerada nem mesmo pelo conhecimento de "ouvir dizer" da física do imenso. Tampouco é fruto do conhecimento de oitiva da física do tamanho médio. A teoria do pêndulo, da bala de canhão, da bomba de água, do fulcro, do balão e da máquina a vapor não nos impele, por si mesma, a votar entre o mundo cotidiano e o chamado mundo da ciência. Até mesmo o relativamente minúsculo pode ser aceito por nós sem investigações minuciosas no nosso mundo cotidiano. Grãos de pólen, cristais de gelo e bactérias, embora revelados somente através do microscópio, não nos fazem por si mesmos duvidar se coisas de tamanho médio ou dimensões imensas não poderão pertencer à mesma esfera a que pertencem os arco-íris, as miragens ou até os sonhos. Sempre soubemos que havia coisas pequenas demais para serem vistas a olho nu; a lente de aumento e o microscópio surpreenderam-nos não por estabelecerem a existência dessas coisas, mas por desvendarem sua variedade e, em alguns casos, sua importância.

Ora, existem, penso eu, dois ramos da ciência que, especialmente quando estão em conluio, produzem o que posso descrever como o "efeito de carta anônima", isto é, o efeito de nos persuadir, pelo menos em parte, de que nossos melhores amigos são realmente os nossos piores inimigos. Um desses ramos é a teoria física dos elementos básicos da matéria; o outro é aquele setor da fisiologia humana que investiga o mecanismo e o funcionamento dos nossos órgãos da percepção. Não penso que faça muita diferença para a questão se esses elementos básicos são descritos como os atomistas gregos os descreveram ou como os físicos nucleares do século XX os descrevem. Também não acho que faça muita diferença levarmos em consideração conjeturas antiquadas ou descobertas recentes e conclusivas a respeito do mecanismo da percepção. A perturbadora moral descrita por Epicuro, Galileu, Sydenham e Locke é precisamente aquela que foi traçada por Eddington, Sherrington e Russell. O fato de que essa moral perturbadora foi outrora extraída de um pensamento especulativo e que hoje deriva de uma teoria científica bem estabelecida não faz a menor diferença. A moral estabelecida não é agora um exemplo de boa ciência e não era então um exemplo de má ciência.

Assim, o chamado mundo da ciência que, segundo depreendemos, faz jus a substituir o nosso mundo cotidiano é, sugiro, o mundo não da ciência em geral mas da física atômica e subatômica em particular, acrescido de alguns apêndices ligeiramente incongruentes tomados de um ramo da neurofisiologia.

(*b*) A outra idéia que necessita de uma desinflação preliminar é a de *mundo*. Quando ouvimos que existe uma grave disparidade entre o nosso mundo cotidiano e o mundo da ciência ou, um pouco mais especificamente, o mundo de um setor da ciência física, é difícil para nós livrarmo-nos da impressão de que existem alguns físicos que, por meio de seus experimentos, cálculos e teorizações, qualificaram-se para nos contar tudo o que é realmente importante acerca do cosmo, seja lá o que for. Enquanto os teólogos costumavam ser as pessoas escolhidas para nos falar sobre a criação e organização do cosmo, hoje os físicos é que são os especialistas — apesar de que nos artigos e livros que escrevem para seus colegas e alunos a palavra "mundo" raramente ocorre, e a imponente palavra "cosmo", espero, nunca ocorre. Corremos aqui o risco de uma confusão puramente verbal. Sabemos que muitas pessoas se interessam pela criação de aves domésticas e não nos surpreenderia descobrir que existe uma revista chamada "The Poultry World" [O Mundo da Criação de Aves]. Neste caso, a palavra "mundo" não é usada como os teólogos a usam. É um substantivo coletivo empregado para rotular em conjunto todas as matérias pertinentes à criação de aves domésticas, desde a galinha e o pato até o peru e o faisão. Poderia ser parafraseada por "campo" ou "esfera de interesse" ou "província". Neste uso estaria fora de questão um antagonismo entre o mundo da criação de aves e o mundo cristão, uma vez que, enquanto "mundo" poderia ser parafraseado por "cosmo" na frase "mundo cristão", não poderia ser assim parafraseado na outra.

É inteiramente inócuo, como é óbvio, falar do mundo do físico, no sentido em que falamos do mundo do criador de aves ou do mundo das diversões. De modo correspondente, poderíamos falar do mundo do bacteriologista e do mundo do zoólogo marinho. Nesse uso, não há conotação de autoridade cósmica, já que a palavra "mundo", aqui, não significa "*o* mundo" ou "o cosmo". Pelo contrário, significa o *departamento* de interesses constituído pelos interesses do físico.

Mas isso não é tudo. Pois, embora existam milhares de interesses, científicos, políticos, artísticos, etc., dos quais os interesses peculiares do físico se distinguem, ou seja, enquanto existem inúmeras províncias de interesse, que são diferentes da província do físico, sem que sejam antagônicas, resta um importante aspecto em que os objetos de estudo da teoria física fundamental compreendem ou abrangem os objetos de estudo de todas as outras ciências naturais. Os espécimes coletados pelo biólogo marinho, embora não sejam de especial interesse para o teórico físico, ainda assim são, indiretamente, espécimes daquilo que lhe interessa especialmente. Também estão nesse caso os objetos estudados pelo geólogo, o micologista e o filatelista. Não existe nenhum objeto de estudo do cientista natural para o qual as verdades da física não sejam verdadeiras; e disso é tentador inferir que o físico fala, portanto, a respeito de tudo e, assim, em última análise, está falando sobre o cosmo. Assim, no fim de contas, o cosmo deve ser descrito apenas em seus termos, e só pode ser mal descrito nos termos de qualquer dessas outras ciências mais especiais ou, mais evidentemente, em termos teológicos ou, mais evidentemente ainda, nos termos da conversa cotidiana.

Permitam-me recordar que, há instantes, eu não estava criticando a teoria econômica quando argumentei que ela não contou mentiras nem verdades acerca do caráter do meu irmão; de modo que tampouco estou criticando as teorias dos físicos quando argumento que eles não contam mentiras nem verdades acerca do mundo, em qualquer sentido inspirador de assombro de "o mundo". Assim como argumentei então que a teoria econômica, sem mencionar meu irmão, disse a verdade acerca de quaisquer transações no mercado, que ele ou qualquer outra pessoa poderia efetuar, também estou agora argumentando que as verdades da teoria física fundamental são, sem mencionar o cosmo, verdades acerca de tudo, seja o que for, no mundo.

O que eu menos pretendo fazer é tentar expor ou contribuir para qualquer teoria científica. Não tenho a competência para tanto e, se tivesse, imagino que me faltasse a inclinação. O meu único interesse é mostrar como certas morais não científicas parecem ser mas não são importantes para um certo gênero de teoria científica. Não estou questionando nada do que qualquer cientista diz nos dias de semana em seu tom de voz profissional. Mas certamente estou questionando a maioria das coisas que alguns deles dizem num tom de voz edificante aos domingos.

Vou tentar agora pôr em relevo o padrão lógico subjacente do ponto de vista de que as verdades da teoria física não deixam espaço para as verdades da vida cotidiana, e farei isso mediante uma extensa analogia com a qual espero que vocês sejam tolerantes por alguns momentos. Um bacharelando de uma faculdade é, num certo dia, autorizado a inspecionar as contas dessa faculdade e a discuti-las com o contador. Ouve que essas contas mostram o bom desempenho da faculdade durante esse ano. Explicam-lhe: "Você verá que todas as atividades da faculdade estão representadas nessas colunas. Os alunos são ensinados, e aqui estão as taxas que eles pagam. Seus professores são pagos, e aqui estão os salários que recebem. Realizam-se jogos e aqui estão os números: tanto para o aluguel do campo, tanto para os salários dos encarregados pela manutenção e conservação do campo, etc. Inclusive a hospedagem é contabilizada: aqui está o que foi pago ao açougue, ao armazém e à quitanda, aqui estão as despesas de cozinha, e aqui o que os alunos pagaram pelas contas da faculdade."
No começo, o aluno está apenas medianamente interessado. Permite que essas colunas lhe dêem uma visão da vida da faculdade diferente das visões fragmentárias que adquirira antes através de suas experiências ao trabalhar na biblioteca, jogar futebol, jantar com amigos, e

assim por diante. Mas depois, sob a influência da voz grave e séria do contador, de repente começou a refletir. Tudo na vida da universidade está sistematicamente ordenado e fundamentado em termos que, embora insípidos, são precisos, impessoais e suscetíveis de verificação conclusiva. A cada mais corresponde um menos igual e contrário; os lançamentos são classificados; as origens e destinos de todos os pagamentos estão indicados. Além disso, chega-se a uma conclusão geral; a posição financeira da faculdade é exposta e comparada com a sua posição em anos anteriores. Assim, não será essa maneira especializada, talvez, o modo correto de se pensar a vida da faculdade? Os outros modos confusos e emocionalmente carregados a que ele se acostumara não seriam errados?

No começo, desconfortável, mexe-se na cadeira e sugere: "Essas contas não nos darão apenas uma parte da vida da faculdade? O limpador de chaminés e o fiscal dos medidores de eletricidade vêem seus pequenos compartimentos de atividade na faculdade; mas ninguém supõe que o que eles tenham a dizer represente mais do que um fragmento minúsculo da história toda. Talvez você, o contador, também veja apenas uma pequena parcela do que está ocorrendo." Mas o contador rejeita o argumento. Diz ele: "Não, aqui estão os pagamentos ao limpador de chaminés, a tanto por chaminé limpa, e aqui estão os pagamentos à Companhia de Eletricidade a tanto por unidade. A participação de cada um na vida da faculdade, incluindo a minha, está aqui registrada em números. Na faculdade não há nada departamental. Além do mais, o sistema de contabilidade é uniforme para todas as faculdades, e, pelo menos no padrão geral, uniforme para todas as empresas comerciais, departamentos governamentais, prefeituras e administrações regionais. Nenhuma especulação ou hipótese é admitida; os nossos resultados estão colocados acima dos horizontes de opinião e do preconceito, através do sublime Princípio de Dupla Entrada. Essas contas descrevem a verdade objetiva a respeito da vida da faculdade inteira; as histórias que você conta aos seus irmãos e irmãs são apenas caricaturas pitorescas dos fatos contábeis examinados. São apenas sonhos. Aqui estão as realidades.'' Qual é a resposta do estudante? Ele não pode contestar a exatidão, a abrangência ou a exaustiva minúcia das contas. Não pode queixar-se de que elas cubram apenas cinco ou seis aspectos da vida universitária e não cubram os outros dezesseis aspectos. De fato, todos os aspectos em que se possa pensar foram devidamente cobertos.

Talvez seja bastante oportuno suspeitar de que algum truque sutil tenha sido armado através da palavra "cobertos". As aulas que tinha recebido no último período do ano letivo do professor de anglo-saxão foi, de fato, coberto, mas as contas nada diziam a respeito do que tinha sido ensinado, e o contador não mostrou nenhuma curiosidade sobre os progressos que o estudante tinha feito. Também ele, o próprio estudante, tinha sido coberto em dezenas de seções das contas, como beneficiário de uma bolsa de estudo, como aluno do professor de anglo-saxão, etc. Tinha sido coberto, mas não caracterizado, ou pelo menos fora mal caracterizado. Nada fora dito a seu respeito que não se ajustasse também a um bolsista muito mais corpulento ou a um aluno muito menos entusiástico de anglo-saxão. Absolutamente nada tinha sido dito sobre ele, no plano pessoal. Enfim, não fora descrito, embora fosse financeiramente registrado e contabilizado.

Vejamos um caso especial. Por um lado, o contador está muito interessado nos livros que o bibliotecário compra para a biblioteca de uma faculdade. Devem ser escrupulosamente contados e registrados, o preço pago por cada um deve ser objeto de um lançamento, o recibo do livro deve ser registrado. Mas, por outro lado, o contador não precisa estar interessado nesses livros, pois não precisa ter idéia do seu conteúdo ou saber se alguém os vai ler. Para ele, o livro é simplesmente o que está indicado como preço de capa. As diferenças entre um livro e outro são, para ele, diferenças em dinheiro. Os números na seção dedicada às contas da biblioteca cobrem, de fato, todos os livros adquiridos; entretanto, nada nesses números teria sido diferente se os livros fossem diferentes quanto à temática, à linguagem, ao estilo e à encadernação, desde que seus preços fossem os mesmos. As contas não dizem mentiras nem verdades sobre o conteúdo de nenhum dos livros. Na acepção de "descrever" usada pelo crítico literário, as contas não descrevem nenhum dos livros, embora cubram escrupulosamente todos eles.

Qual é, pois, o livro real e o livro-quimera, o livro lido pelo aluno ou o livro cujo preço foi lançado nas contas da biblioteca? Não existe uma resposta, é claro. Não existem dois livros, nem um livro real lado a lado com um livro-quimera — sendo este último, curiosamente, o que tem utilidade nos exames. O que existe é um livro à disposição dos alunos, e um lançamento nas contas especificando quanto a faculdade pagou por ele. Não poderia haver tal lançamento se não houvesse tal livro. Não poderia haver uma biblioteca com estoque de meros preços de livros; tampouco poderia haver uma faculdade bem dirigida que tivesse uma biblioteca repleta de livros mas não exigisse que suas contas estivessem em dia.

A biblioteca usada pelo aluno é a mesma biblioteca que requer a atenção do contador. O que o aluno encontra na biblioteca é o que o contador descreve em dinheiro. Estou sugerindo, como se vê, que é um pouco da mesma maneira que o mundo do filólogo, do biólogo marinho, do astrônomo e da dona de casa é também o do físico; e o que o pedestre e o bacteriologista descobrem no mundo é aquilo sobre o que o físico lhe fala em sua notação de dupla entrada.

Não quero forçar a analogia além de um certo ponto. Não estou argumentando que uma teoria científica é, em todos os aspectos ou em muitos deles, como um balancete, mas apenas que é como um balancete em um aspecto importante, ou seja, que as fórmulas de uma e os lançamentos financeiros de outro são constitucionalmente omissos a respeito de certos tipos de matérias, justamente por serem *ex officio* explícitos acerca de outras matérias, ligadas a elas. Tudo o que o aluno diz a respeito dos livros na biblioteca pode ser verdadeiro e tudo o que o contador diz sobre eles pode ser verdadeiro. As informações do aluno acerca dos livros são inteiramente diferentes daquelas do contador e não são dedutíveis das informações deste último — e vice-versa. Entretanto, as informações do aluno são cobertas, num aspecto importante, pelas contas, embora estas sejam constitucionalmente omissas quanto às qualidades literárias e à sabedoria veiculada pelos livros, que são o que realmente interessa ao aluno. A aparência de um antagonismo entre os diferentes modos de descrever a biblioteca é tão enganadora quanto a aparência de um antagonismo entre a minha maneira de falar sobre o meu irmão e o modo de o economista falar sobre o irmão de qualquer pessoa. Pois embora o contador esteja, num sentido muito geral, falando à faculdade sobre os livros da biblioteca, ele não está, no sentido em que o crítico literário usa a palavra, descrevendo corretamente ou, é claro, incorretamente esses livros. Está expondo as relações aritméticas vigentes durante o ano financeiro entre o total de faturas pagas aos livreiros pelos livros adquiridos e, de um modo um tanto indireto, o total de faturas pagas à faculdade pelo uso desses livros. O fato de existirem tais faturas a registrar e, por conseguinte, tais relações aritméticas entre seus totais pressupõe, por si só, logicamente, que haja livros na biblioteca, realmente comprados de livreiros e realmente disponíveis para serem lidos pelos alunos. Pressupõe logicamente que haja coisas sobre as quais as descrições do aluno são verdadeiras ou falsas, embora essas descrições não possam ser lidas a partir da contabilidade da biblioteca. Não só a história completa da vida da faculdade durante o ano pode conciliar essas duas espécies de informações sobre os livros, mas não poderia incluir uma página para uma ou outra espécie sem ter uma página para a outra. Não se trata de uma questão de duas bibliotecas antagônicas, ou de duas descrições antagônicas de uma biblioteca, mas de dois modos diferentes mas complementares de dar informações de tipos muito diferentes a respeito da mesma biblioteca.

Às vezes, os divulgadores de teorias físicas tentam fazer-nos sentir à vontade com suas teorias dizendo-nos que elas nos falam de mesas e cadeiras. Isso faz com que nos sintamos tranqüilos por alguns instantes. Mas só por instantes, visto que, momentos depois, ouvimos também que aquilo que essas teorias têm a dizer sobre cadeiras e mesas é totalmente diferente do que nós dizemos a respeito delas à garçonete do restaurante e do que o marceneiro nos diz sobre elas. Pior ainda, ficamos com a impressão de que tudo o que nós e o marceneiro dizemos sobre mesas e cadeiras nada tem de científico e é inútil, ao passo que o que eles dizem é científico e útil. De fato, os teóricos da física não descrevem cadeiras e mesas, da mesma forma como o contador não descreve os livros comprados para a biblioteca. O contador fala sobre faturas de livros e, assim, refere-se indiretamente aos livros pagos. Mas essa referência indireta não é uma descrição; nem é, portanto, uma descrição que concorra com a descrição do aluno para ser aceita; e não é, portanto, uma descrição cuja correção envolva a inexatidão da descrição feita pelo aluno. O que é verdadeiro ou falso a respeito de faturas de livros não é verdadeiro ou falso a respeito dos livros, ou vice-versa; e, no entanto, o próprio fato de que uma declaração é verdadeira quanto às faturas de livros requer a existência de outras declarações muito diferentes que sejam verdadeiras quanto aos livros. A coisa correspondente vale no outro campo. A teoria das partículas elementares não tem lugar nele para uma descrição correta ou inexata de cadeiras e mesas, assim como não tem lugar nele uma descrição de cadeiras e mesas para uma descrição correta ou incorreta de partículas elementares. Um enunciado que é verdadeiro *ou* falso a respeito de um *não* é verdadeiro *nem* falso em relação ao outro campo. Nem por isso é antagônico ao outro. O próprio fato de algum enunciado em teoria física ser verdadeiro exige que algum outro enunciado (não pode ser deduzido qual) acerca de coisas como cadeiras e mesas seja verdadeiro.

Um contador de divulgação poderia tentar pôr-nos à vontade quanto a suas colunas paralelas dizendo que um certo lançamento continha a verdade contabilizada acerca de livros. Se fosse bem-sucedido, poderia induzir-nos a sentir que os livros foram subitamente despojados de seu conteúdo legível e converteram-se em pálidas sombras de faturas de livros. Não se pode desprezar a contabilidade, mas pode-se desprezar o contador que deixa de lado sua escrituração para nos instruir com a lição que pretende extrair de suas contas, ou seja, que os livros não passam de lançamentos em colunas que registram dinheiro.

Espero que esta longa analogia tenha, pelo menos, convencido os leitores de que existe uma genuína porta lógica aberta para nós; de que, pelo menos, não existe nenhuma objeção lógica geral a se dizer que a teoria física, embora cubra as coisas que as ciências mais especiais exploram e o observador comum descreve, ainda não propõe uma descrição antagônica das mesmas; e até que para ser verdadeira à sua maneira, é indispensável a existência de descrições desses outros tipos que, embora de maneiras muito diferentes, também sejam verdadeiras. Não precisa ser uma questão de mundos antagônicos, um dos quais é um mundo quimérico, nem ainda uma questão de diferentes setores ou províncias de um só mundo, de tal forma que o que é vedadeiro a respeito de um setor é falso a respeito do outro.

Do modo como um pintor paisagista faz um bom ou mau quadro de uma cadeia de montanhas, o geólogo não pinta um quadro antagônico, bom ou mau, dessas montanhas, embora aquilo cuja geologia ele nos diz seja a mesma cadeia de montanhas que o pintor retrata bem ou mal. O pintor não está fazendo má geologia e o geólogo não está fazendo boa ou má pintura paisagista. Do modo como o marceneiro nos diz como é um móvel e faz sua descrição correta ou incorreta (não importa se está falando sobre sua cor, sobre a madeira de que é feita, seu estilo, carpintaria ou período), o físico nuclear não apresenta uma descrição concorrente, certa ou errada, embora o que nos diz sobre física nuclear abranja o que o marceneiro descreve. Eles não estão dando respostas conflitantes às mesmas questões ou à mesma espécie de questão, embora as questões do físico sejam, numa acepção um tanto peculiar de "sobre", sobre aquilo a cujo respeito o marceneiro nos dá sua informação. O físico não menciona o mobiliário; o que ele menciona são, por assim dizer, faturas para tais artigos como, *inter alia*, pequenos fragmentos de mobiliário.

Parte deste argumento expressa-se às vezes da seguinte maneira. Assim como o pintor a óleo de um lado da montanha e o pintor de aquarelas do outro lado da montanha produzem pinturas muito diferentes, que podem ser, sem embargo, excelentes quadros da mesma montanha, também o físico nuclear, o teólogo, o historiador, o poeta lírico e o homem comum produzem imagens muito diferentes mas compatíveis, e até complementares, de um só e mesmo "mundo". Mas esta analogia é perigosa. É bastante arriscado dizer que o contador e o crítico literário nos fornecem ambos descrições do mesmo livro, uma vez que, no sentido natural de "descrever" em que o crítico descreve bem ou mal o livro, o contador não faz uma coisa nem outra. Mas é muito mais arriscado caracterizar o físico, o teólogo, o historiador, o poeta e o homem comum como produzindo todos eles, da mesma forma, "imagens", quer do mesmo objeto ou de diferentes objetos. A palavra extremamente concreta "imagem" sufoca as enormes diferenças entre as tarefas do cientista, do historiador, do poeta e do teólogo de uma forma ainda pior do que a palavra relativamente abstrata "descrição" sufoca as grandes diferenças entre as tarefas do contador e as do crítico literário. São justamente essas diferenças encobertas que precisam ser postas a descoberto. Se quisermos que os aparentes antagonismos entre ciência e teologia ou entre a física fundamental e o conhecimento comum sejam realmente dissolvidos, a sua dissolução não poderá resultar de uma conciliação polida segundo a qual ambas as partes são, na realidade, artistas à sua maneira, trabalhando a partir de pontos de vista diferentes e com diferentes materiais de desenho, mas apenas de se definirem diferenças inconciliáveis entre os campos de cada um. Para convencer o dono da tabacaria e o treinador de tênis de que não há necessidade de existirem antagonismos entre eles, não é necessário ou oportuno fingir que eles são realmente companheiros de trabalho em algum empreendimento missionário conjunto mas nada óbvio. É de melhor política lembrar-lhes como seus ramos de atividade são, de fato, diferentes e independentes. Na verdade, esse efeito dissimulador do uso de noções como *descrever* e *explicar* para englobar coisas tão profundamente díspares reforça outras tendências para assemelhar o dissemelhante e aceitar confiantemente aquelas paridades de raciocínio cuja irrealidade engendra dilemas.

Mas o leitor não ficará nem deverá ficar satisfeito com essa mera promessa de um salva-vidas. Poderá este ser realmente produzido e lançando para nós naquele trecho exato da rebentação onde estamos passando por dificuldades? Vou passar agora para um certo local onde a rebentação está redemoinhando à nossa volta.

VI

CONCEITOS TÉCNICOS E NÃO TÉCNICOS

Galileu, cuja orientação foi rapidamente seguida por Descartes e Newton, mostrou que numa teoria científica não cabem termos que não possam aparecer entre os dados ou os resultados de cálculos. Mas cores, sabores, cheiros, ruídos, sensações de calor e frio não podem, segundo parece, aparecer nelas. Portanto, não há lugar para eles em teorias científicas. O que o termômetro registra cabe nelas, mas não o que os dedos ou os lábios registram; as freqüências e amplitudes das vibrações propagadas através do ar, mas não as notas que constituem as melodias ouvidas. Para nós, faz uma grande diferença se somos cegos, daltônicos ou estamos ofuscados, ou se olhamos para as coisas à luz do sol ou da lua, através de vidros incolores ou coloridos; mas os fatos acerca da luz registrados e organizados na teoria da óptica são indiferentes a essas diferenças para nós. O químico, o geneticista e o operador do contador Geiger, em evidente desafio a esse ostracismo das qualidades sensíveis, podem realmente basear suas teorias especiais nos cheiros e sabores de compostos químicos, nas cores de ervilhas-de-cheiro e nos cliques ouvidos do contador Geiger, mas isso não basta para reintegrar essas qualidades sensíveis na aristocracia de genuínos fatos físicos. Mostra apenas que eles podem, em certas condições e quando são tomadas numerosas precauções, constituir indicadores idôneos desses fatos, um pouco, talvez, como uma dor de estômago pode ser um indicador idôneo da presença de estricnina no alimento consumido, embora o alimento não incorporasse, nem pudesse incorporar, quaisquer dores de estômago. Como as verdades científicas referem-se ao que pode confirmar e ser confirmado por cálculos, as cores, os sabores e os cheiros que não podem ser assim confirmados devem pertencer não aos fatos da física, mas aos fatos da fisiologia humana e animal, ou aos fatos da psicologia humana e animal. As cores estão no olho de quem observa ou então na mente do observador. São a sua dádiva devolvida ao mundo. Aí e somente aí podem as iridescências da bolha gozar sua fugaz existência.

Essa doutrina tem tido grande influência e há algo nela que é verdadeiro e importante. Põe a descoberto uma propriedade lógica fundamental das fórmulas que podem ser ingredientes numa teoria científica exata. Mas é preciso assinalar uma ou duas possíveis armadilhas. Em primeiro lugar, embora seja verdade que a teoria física não pode incorporar menções de cores ou sabores de coisas, isso não prova por si só que as menções a cores ou sabores devam ser interpretadas como menções a coisas existentes ou acontecendo no interior fisiológico ou psicológico das pessoas. Sem dúvida, o nosso interior é sempre um limbo conveniente para se abrigar nossa heterogeneidade. A mente humana, em particular, é tradicionalmente a bandeja de "Pendências" para as cartas não respondidas dos teóricos. Mas até onde a argumentação alcançou, não é necessariamente a bandeja correta. O fato de ser a bandeja correta resulta, ou parece resultar, apenas de mais alguns argumentos, muito mais específicos, alguns dos quais examinaremos mais adiante.

Em segundo lugar, o fato de menções de cores e sabores não poderem ocorrer nas fórmulas da teoria física não prova, por si mesmo, que essas fórmulas não possam *cobrir* ou *aplicar-se a*, sem *descrever*, apenas aquelas coisas cuja descrição requer a menção de cores e sabores. Não se podem obter menções das qualidades ou origens de vinhos na aritmética dos barris, litros e quartilhos de vinho para os quais é solicitado espaço no navio pelo expedidor da mercadoria. Para ele, as diferenças entre 10 litros de vinho tinto de classe e 15 litros de vinho branco barato são 5 litros, *sans phrase*. Entretanto, é inconcebível que os litros a serem embarcados sejam meros litros *sans phrase*; são, por exemplo, litros de vinho, e de vinho com propriedades químicas identificáveis, como por exemplo propriedades de vinho de mesa. Não é verdade que aquilo que não é e não pode ser mencionado numa fórmula é negado por essa fórmula. Se uma quota extra de pés cúbicos no porão for concedida, por exemplo, a um exportador de vinhos, então, o porão terá capacidade para receber essa carga, além de outras. O que está fora de sua capacidade não pode ser implementado. Um estacionamento de automóveis não precisa ter este ou aquele carro em especial, ou quaisquer carros desta ou daquela marca, ou até carro nenhum. Mas uma coisa ele precisa ter: *espaço* para carros, não importa de quem sejam ou quais sejam suas marcas. A única coisa que ele não pode ter é uma barreira contra a entrada de automóveis. Não é porque seja totalmente inóspito, mas por acolher qualquer carro, que os seus quadros de avisos nada dizem a respeito do meu carro e do carro do leitor, e a respeito de Rolls Royces e Morris Minors. Por outro lado, não é porque as equações algébricas nada têm a ver com números que elas não mencionam nenhum deles. Pelo contrário, é porque são imparcialmente receptivas a quaisquer números que se queira. x não é antagônico de 7, é uma hospedagem para 7 ou para qualquer outro número. Assim, o silêncio logicamente necessário das fórmulas físicas a respeito de mogno e carvalho, ou acerca de cores e sabores, não deve ser interpretado como declaração pública de uma porta fechada. Pelo contrário, deve ser interpretado como anúncio de uma porta escancarada. Foi precisamente desse modo que tivemos, penso eu, de interpretar o silêncio das contas da faculdade a respeito do conteúdo dos livros adquiridos para a sua biblioteca. Só foram mencionados preços de livros, mas essa restrição não era meramente compatível com os livros que foram comprados por esses preços e que tinham outras propriedades além desses preços; era realmente incompatível com livros que nada mais fossem do que veículos de preços de compra. Um objeto não podia ser meramente algo que custa 2 libras. De fato, as contas nada diziam sobre os méritos e deméritos literários e didáticos dos livros, mas o silêncio não era uma negação da existência de quaisquer dessas qualidades mas, por assim dizer, uma declaração de que era totalmente indiferente saber quais qualidades pertenciam a que livros. Libras, xelins e pence são denominadores comuns, e os denominadores comuns não podem ser exclusivos.

Convém indicar um motivo intelectual para aquilo que indico como sendo esse erro de interpretar uma imparcialidade logicamente necessária como uma hostilidade logicamente necessária. A influência da lógica aristotélica foi, para o bem e para o mal, muito forte entre os teóricos dos séculos XVII e XVIII. Assim, parecia estar fora de questão que as dimensões mensuráveis de um objeto, digamos, sua temperatura registrada pelo termômetro ou sua velocidade em metros por segundo, o caracterizassem da mesma maneira geral que se supunha que o fizessem rudimentarmente sua cor ou seu paladar. Parecia natural enumerá-las como Qualidades. Pareceu então necessário traçar uma linha divisória entre as qualidades que têm de ser mencionadas e acionadas na teoria física e as que não o podem. De fato, assim elas foram diferenciadas — primeiro por Boyle, creio eu — como Qualidades "Primárias" e "Secundárias", respectivamente. Mas então as Qualidades Primárias, cientificamente aristocráticas, não poderiam tolerar sentar no mesmo banco com as rudes Qualidades Secundárias, e estas tiveram, em conseqüência, de ser despojadas de seu direito a serem qualidades de coisas. É claro que o erro foi colocá-las, de início, no mesmo banco, mas a economia que Aristóteles fazia de assentos ainda não fora reconhecida como um exemplo de avareza pessoal. Pois ainda somos capazes de ser influenciados pelo argumento de que, como a descrição de uma mesa dada por um físico não menciona nem pode mencionar nada do que entra na descrição do marceneiro, logo a descrição do marceneiro deve ser abandonada. Ao permitirmos que esse argumento nos influencie, estamos supondo que existe apenas um banco relativamente pequeno para nele colocarmos tudo o que podemos chamar "descrições"; estamos esquecendo que, por exemplo, aquilo que o economista diz sobre o investidor poderia ser catalogado como uma "descrição" de meu irmão, apesar do fato de que, como o economista não pode dizer que aspecto o meu irmão tem, ou mesmo que tenho um irmão, ele não está em posição, além de não ter motivo, para descrevê-lo, no mesmo sentido em que eu estou numa boa posição para descrevê-lo. O emprego não discriminativo de expressões encobridoras, como "Qualidade", "Propriedade", "Predicado", "Atributo", "Característica", "Descrição" e "Imagem" reforça as nossas outras tentações para tratar como semelhantes conceitos que, em seus empregos cotidianos, não funcionam, em absoluto, de maneira idêntica. São suas recusas em desempenhar os papéis que lhes foram atribuídos que constituem dilemas.

O que eu quero fazer agora é destacar com maior clareza alguns modos como diferentes conceitos, embora referindo-se aos mesmos assuntos, aplicam-se a eles de maneiras muito diferentes. Os papéis que desempenham não são papéis antagônicos.

As cartas com que jogamos pôquer são as mesmas com que jogamos bridge ou são diferentes? São certamente as mesmas. Mas as propriedades ou atributos das cartas que o jogador de pôquer percebe ou deixa escapar serão as mesmas que o jogador de bridge percebe ou deixa escapar? Esses jogadores dão as mesmas descrições delas ou descrições diferentes e até conflitantes? As respostas não são fáceis. Pois ainda que ambos os jogadores percebam que uma certa carta é a rainha de copas, um deles registra, ou talvez deixe de registrar, que ela é a última carta sobrevivente do trunfo, enquanto o outro nem conta com essa expressão em seu vocabulário de pôquer. Mas percebe, pelo contrário, ou talvez deixe de perceber, que essa carta é a que completará o seu *straight flush* — um atributo sobre o qual o jogador de bridge nada sabe. Bem, isso significa que um deles está certo e o outro errado? O jogador que qualifica a sua carta como trunfo será vítima de uma ilusão de que o jogador de pôquer está isento? Ou, por outro lado, será ele um observador ou diagnosticador especialmente perspicaz, em contraste com o jogador de pôquer que se deixa desviar por meras aparências superficiais? Será o jogador de pôquer, infelizmente, cego para trunfos? Estará realmente a rainha de copas dotada, embora não manifestamente, da importante propriedade ou atributo de ser uma carta do trunfo? Ou é apenas a sistemática ilusão do jogador de bridge de que é assim, uma vez que realmente é, a carta que falta, digamos, para completar um *straight flush*? Ou, na realidade, não é nenhuma dessas coisas mas apenas uma rainha de copas? Obviamente, isso não é uma perplexidade genuína. A questão sobre se essa rainha de copas, num determinado momento, é um trunfo ou não depende da questão anterior sobre se quatro pessoas estão jogando bridge com o baralho que contém essa carta; e aquilo que faz de copas, ou de qualquer outro naipe, um trunfo não é nada que esteja oculto ou latente por trás das lustrosas faces das cartas mas, simplesmente, a natureza geral do jogo de bridge e a disposição particular tomada pelos lanços num determinado período do jogo.

A única coisa desconcertante na situação é se devemos ou não dizer que ser uma carta-trunfo é uma "propriedade" ou "atributo" da rainha de copas. Sabemos como descobrir se é trunfo ou não, e sabemos o que podemos fazer com ela se for trunfo e o que não podemos fazer com ele se não for. O que não está tão claro — e também é inteiramente sem importância para o jogo — é se devemos classificar esse conhecimento como conhecimento de uma "propriedade" ou "atributo" da carta. Isso não é uma preocupação do jogador de bridge mas uma preocupação do lógico. O fato de que esta seja uma preocupação frívola e inventada até para lógicos não importa, pois veremos — assim espero — que está em concordância com algumas preocupações afins que não são inventadas ou frívolas.

A questão sobre o que a rainha de copas pode e não pode fazer só pode ser respondida se não soubermos em que jogo ela está sendo empregada, e a informação específica sobre o que ela pode e não pode fazer num certo estado do jogo requer um certo conhecimento específico sobre o que está ocorrendo desde a última distribuição de cartas.

A coisa correspondente é verdadeira num nível ainda mais elementar. Uma criança capaz de reconhecer a carta pelo desenho de uma rainha, singularmente enfeitada com padrões vermelhos em forma de corações, poderia não fazer ainda a menor idéia de como se compõem os baralhos ou os naipes de cada baralho, e muito menos qualquer idéia de que existem jogos cujas regras conferem valores ou poderes diferentes aos diversos membros de um naipe. A noção de que, com a maior freqüência, uma rainha é "superior" a um valete mas "inferior" a um rei ainda não se teria revelado a ela.

As regras do bridge foram inventadas pelo homem e podem ser emendadas quando quisermos. Também não precisamos jogar bridge ou qualquer outro jogo. Mas quando se está jogando bridge, então a questão sobre se uma determinada carta é ou não trunfo, é, em si mesma, convencional. Não podemos lidar com ela conforme quisermos. Não é um assunto de mera disposição arbitrária. Podemos esquecer e ser lembrados de qual é o trunfo; podemos cometer equívocos sobre qual é o trunfo e ser corrigidos ou penalizados; um espectador pode inferir correta ou incorretamente quais são os trunfos pelo modo como as vazas são jogadas. É um fato público, objetivo, que uma determinada carta é trunfo, embora o fato de o ser constitua motivo de algumas convenções sumamente arbitrárias a que nos conformamos e as quais aplicamos voluntariamente.

O mesmo tipo de considerações é aplicável aos familiares conceitos de mercado que utilizamos quando pensamos em fazer compras. Não é difícil ver que embora ter um ou outro preço de mercado possa ser chamado uma propriedade ou um atributo de um artigo comercial, tais denominações dos lógicos devem ser cercadas dos mesmos tipos de precauções. Poderia não existir dinheiro; pode existir dinheiro onde não haja libras, xelins ou pence: o poder de compra das libras, xelins e pence pode ser modificado por um programa de ação financeira, assim como por outras causas; e os varejistas têm certa margem de liberdade para fixar os preços de seus artigos. Não obstante, no contexto do sistema monetário que temos, o modo como ele funciona e a decisão do varejista, é um fato público e objetivo que a mercadoria custa tantas libras, xelins e pence. Temos que descobrir seu preço, e não podemos obter um preço diferente ligado a ela por decretos particulares. Além disso, quando podemos abster-nos de jogar bridge, somos obrigados a participar no jogo do mercado — só que, é claro, por essa mesma razão, entre outras, não é um jogo. Também neste caso está fora de questão que o preço de uma mercadoria possa ser interpretado como qualidade invisível da coisa, cuja detecção requeira algumas faculdades extraperceptivas misteriosas ou alguns poderes anormais de diagnóstico. Todos nós sabemos como apurar o preço das coisas e todos nós sabemos o que está envolvido nesse preço. Para saber isso, basta nos familiarizarmos com o glossário de termos financeiros e comerciais e aplicá-los a casos particulares. Seria absurdo imaginar, digamos, um pesquisador esquimó, que não tivesse terminologia monetária e nenhuma compreensão da aritmética simples, descobrindo ou mesmo procurando os preços de artigos. Também seria absurdo conjeturar sobre se um artigo poderia custar 2 xelins e 6 pence e ao mesmo tempo ser saboroso; ou perguntar qual dessas propriedades é real e qual delas é uma propriedade meramente aparente do artigo. Não poderia haver antagonismo lógico entre eles. Não são candidatos rivais a lugares no mesmo banco.

O pensamento em que operamos com os termos ou conceitos de bridge resume-se em atentar para a forma de ganhar o jogo. O pensamento em que operamos com os termos ou conceitos de comércio resume-se em atentar para a forma de fazer os negócios mais vantajosos. Mas o pensamento em que operamos com os termos ou conceitos de uma teoria científica não está orientado para vitórias ou lucros, mas para o conhecimento. Isso nos dá um motivo extra e importante para admitir que os termos de uma teoria científica representam qualidades ou propriedades genuínas das coisas. Também nos fornece um estímulo poderoso para explorar os numerosos aspectos em que as nossas operações com esses termos são semelhantes às nossas operações com os termos do bridge e os termos do comércio varejista e atacadista. Se por um lado não ficamos seriamente desconcertados pela questão sobre se por trás das características da rainha de copas que a criança pode ver não residirão de forma encoberta algumas propriedades mais impressionantes que ela não capta, como o fato de essa carta ser um trunfo, por outro lado podemos ficar seriamente desconcertados com a questão sobre se por trás da tepidez da água do banho que a criança sente em sua mão não residirá de forma encoberta alguma propriedade mais impressionante que ela não conseguiu captar, como a temperatura da água registrada pelo termômetro.

Se por um lado ninguém, salvo ao participar em debates de lógicos, sente qualquer inclinação para atribuir maior ou mais profunda realidade ao preço do que ao sabor de um pão, por outro lado todos nos sentimos fortemente inclinados, em certos estados de ânimo intelectuais, a atribuir verdade maior ou mais profunda a uma fórmula que nos forneça a composição química do pão do que à informação prestada a seu respeito pelo padeiro ou o consumidor. Aqui sentimos uma espécie de antagonismo lógico; ali não o sentimos, embora pudéssemos, com a nossa malícia lógica, construir a aparência de justificativa para que houvesse tal antagonismo. Ali, as razões apresentadas eram transparentemente vazias; aqui, embora vazias, era um vazio menos transparente.

Parte da argumentação geral que estou tentando expor pode ser formulada da maneira que se segue. Embora fonética e gramaticalmente a frase "carta de trunfo" seja ainda mais curta e mais simples do que a frase "rainha de copas"*, o conceito de *carta de trunfo* incorpora acima das moderadas complexidades dos conceitos de *rainha de copas* ou *três de ouros* todas as complexidades extras que constituem o que temos de aprender a fim de poder operar em jogos de bridge com o termo "trunfo". Essa gigantesca diferença do nível de complexidade é atenuada quando empregamos com muita

---

* A diferença entre as duas frases é notória no original inglês — *trump-card* e *Queen of Hearts* —, mas dilui-se na tradução. (N.T.)

convicção para conceitos dos dois níveis muito diferentes as mesmas palavras genéricas "propriedade", "qualidade" e "atributo". A palavra genérica "conceito", ainda mais abrangente, também ajuda a encobrir as diferenças entre as categorias que engloba. Mas, mesmo não empregando tais palavras encobridoras do vocabulário dos lógicos, ainda estamos sob alguma pressão intelectual para sobre-assimilar o complexo e elaborado ao simples e controlável, ou o ainda não programado ao já programado. Ou seja, quando não estamos jogando bridge no momento, mas apenas, como espectadores, estudando em conjunto as condições específicas do bridge e as dos jogos de baralho em geral, podemos, de uma certa forma, esquecer momentaneamente o que sabemos muito bem enquanto jogamos e começar a nos perguntar até que ponto as verdades num nível estarão vinculadas às verdades no outro nível; a nos perguntar, inclusive, se as asserções num nível não serão desqualificadas como verdadeiras pela verdade das asserções no outro nível. Como, por exemplo, uma carta que era um trunfo há dez minutos pode deixar de sê-lo agora, sem ter sofrido qualquer mudança real de natureza intrínseca? Naturalmente, nesse campo particular, tais momentos são breves e nossas reflexões não são inteiramente sérias, porquanto podemos entrar num jogo de modo deliberado e do mesmo modo o deixar. O jogo é nosso esporte, nós não somos esporte dele. O seu controle sobre o nosso pensamento e a nossa ação é breve e facilmente rescindido. Além disso, é apenas um entre dúzias de diferentes modalidades de jogos de cartas. Sem qualquer constrangimento intelectual, podemos num instante mudar da operação com o sistema conceitual do bridge para a operação com o sistema conceitual do pôquer. Os sistemas conceituais de teorias científicas estabelecidas não estão sujeitos a tais rescisões ou transferências dos controles exercidos sobre nosso pensamento e nossa ação. Neste caso, não dispomos de oportunidades similares para, por assim dizer, ficar na plataforma acenando "adeus por agora" para a equipe de conceitos especiais que se despede. Não temos feriado recíproco. Se, por um lado, podemos com freqüência e facilidade obter uma visão imparcial do gênero de trabalho feito, em seu contexto de mesa de carteado, por um conceito como *trunfo*, não podemos, por outro lado, obter com freqüência e facilidade uma visão imparcial do gênero de trabalho realizado por um conceito como *temperatura de termômetro* ou *Vitamina B*.

Também é importante o fato de que podemos examinar os códigos de bridge que fixam os papéis dos conceitos de bridge; e podemos comparar esses códigos, palavra por palavra, frase por frase, com os códigos de outros jogos. Não temos tais manuais para consultar os códigos que fixam os papéis dos conceitos de uma ciência, ou os conceitos de vida não técnica. Temos de ler os códigos não escritos de sua conduta a partir de sua própria conduta, e não dispomos de obras de referência para nos dizer se lemos errado.

Espero que tenha ficado claro que os significados dos termos usados por jogadores de bridge e jogadores de pôquer estão impregnados dos sistemas ou esquemas desses jogos. Seria absurdo supor que alguém possa aprender o que significa *straight flush* sem conhecer sequer os rudimentos de pôquer, ou possa saber tudo a respeito do pôquer sem aprender o que é um *straight flush*. Permitam-me descrever brevemente o termo *straight flush* como um termo "carregado de pôquer". Do mesmo modo geral, os termos especiais de uma ciência estão mais ou menos saturados da teoria dessa ciência. Os termos técnicos da genética estão carregados de teoria, isto é, carregados não só com a bagagem teórica de uma ou outra espécie, mas com a bagagem da teoria genética. Seus significados mudam com as mudanças da teoria. O conhecimento de seus significados requer uma apreensão da teoria.

Assim, podemos agora dizer que é relativamente fácil para um jogador comum de pôquer explicar em palavras as diferenças entre a quantidade e o tipo de bagagem carregada por uma expressão como *straight flush* e a quantidade e tipo de bagagem carregada por uma expressão como "dama de copas". Mas a tarefa correspondente em alguns outros campos está muito longe de ser fácil. Precisamente quanta bagagem teórica um termo como "onda luminosa" transporta a mais do que um termo como "azul" ou "cor-de-rosa"? Mas, pelo menos, pode-se discernir com muita freqüência que existe esta importante diferença entre um termo e um outro, a saber, que um deles transporta uma certa bagagem de uma teoria específica, ao passo que o outro nada carrega proveniente dessa teoria, uma vez que, por exemplo, o segundo é adequadamente empregado por pessoas que nada conhecem nem mesmo dos rudimentos dessa teoria. "Rainha de copas", por exemplo, não transporta bagagem de bridge. Assim, pelo menos em alguns aspectos importantes, o termo peculiar ao bridge será mal administrado se interpretado como estando em pé de igualdade com termos que não possuem uma carga de bridge. Não podem ser tratados como ocupantes de um mesmo banco, ou como rivais que disputam a ocupação de um único assento.

A nossa interrogação alarmante e inicialmente paralisante foi a seguinte: "De que modo o mundo da física está relacionado com o mundo cotidiano?" Tentei reduzir os seus terrores e dissipar o seu efeito paralisante, pedindo ao leitor que reformulasse a pergunta assim: "De que modo os conceitos da teoria física estão logicamente relacionados com os conceitos do discurso cotidiano?" Pedi-lhe que visse essa questão como tendo muito em comum com as questões "Como estão os termos especiais do bridge ou do pôquer logicamente relacionados com os termos em que a criança observadora descreve as cartas que lhe são mostradas?" e "Como os termos especiais dos negociantes se relacionam logicamente com os termos em que descrevemos suas mercadorias, depois que as levamos para casa?"

Não ficarei surpreendido se o leitor sentir uma certa impaciência com as ilustrações extensas e algo artificiais por meio das quais tentei desvendar alguns dos tipos de diferença de nível e complexidade entre, por exemplo, o conceito de *trunfo* e o de *rainha de copas*, ou entre o conceito de *temperatura de termômetro* e o de *tepidez*. Espero que alguns dos que me lêem sintam que eu tenho ou, *ex officio*, deveria ter no meu repertório alguns rótulos claros, precisos e sistematizados, por meio dos quais poderia simplesmente dizer-lhes, sem confiar em analogias inconfiáveis, quais são as diferenças entre conceitos e conceitos, entre, digamos, os conceitos técnicos de uma teoria científica e os conceitos semitécnicos ou não técnicos do homem comum. Mas não possuo esse pacote de rótulos. Não serviriam de nada se eu montasse um pacote com eles. A profusão de conceitos técnicos com que um cientista opera e a profusão de conceitos não técnicos e semitécnicos com que todos nós operamos são vastos acervos de conceitos, não homogêneos mas heterogêneos. Até mesmo os termos técnicos relativamente escassos do críquete ou do bridge são sumamente variados em espécie.

Mas devo agora me deslocar para uma certa confusão muito especial, ou a confusão das confusões, a qual, penso eu, está para muitas pessoas nas proximidades do centro de suas dificuldades a respeito das relações entre o mundo da ciência física e o mundo do cotidiano. Podemos chamar-lhe "o problema da percepção". Não deslindarei todo o emaranhado pela simples razão de que não sei como fazer isso. Existem regiões dele — e deveras importantes — onde me sinto qual mosca varejeira numa teia de aranha. Fico zumbindo mas não consigo desvencilhar-me.

VII

PERCEPÇÃO

Como poderia alguma coisa nos ser mais familiar do que ver coisas, ouvir coisas, cheirar, provar e tocar coisas? Temos os nossos verbos comuns de detecção, discriminação e exploração perceptiva sob bom controle muito antes de deixarmos a escola maternal. Nem precisamos de muito refinamento antes de nos familiarizarmos com muitas das anormalidades mais correntes da percepção. Logo descobrimos como é ver as coisas dobradas, ouvir os sons do mar em conchas, perder os sentidos do olfato e do paladar; descobrimos os arco-íris, os reflexos, as refrações e os ecos; lentes de aumento, espelhos e megafones. Logo adquirimos noções de cegueira, surdez, entorpecimento; de hipermetropia, miopia e deslumbramento; e, aprendendo que essas coisas estão relacionadas com a interferência, lesão ou deficiência dos órgãos sensoriais específicos, não nos surpreende descobrir que os óculos produzem diferenças no que vemos, mas não no que ouvimos ou provamos, e que cabe ao médico apurar as causas de defeitos pessoais da percepção e os remédios para os mesmos.

No começo, dizemos e acompanhamos as coisas ditas *com* verbos de percepção, enquanto ainda não falamos *sobre* perceber, mas a respeito das coisas que percebemos ou deixamos de perceber. Numa fase posterior, aprendemos, por exemplo, a dizer ao oftalmologista ou ao otorrinolaringologista as coisas que ele quer saber, não fatos acerca do relógio cujo tique-taque ouvimos ou dos pássaros que vemos no campo, mas fatos acerca do modo como nos soam e como os vemos. Já habituados à idéia de que às vezes as coisas não são como as vemos ou como soam, logo passamos a nos interessar por questões como por que, num jogo de beisebol, a pancada do taco na bola, para quem está longe, soa como se tivesse ocorrido muito depois que a bola foi realmente rebatida; por que o som do apito da locomotiva fica para trás quando o trem passa por nós, e o que faz as montanhas parecerem mais próximas em certos dias do que em outros. Começamos a falar sobre as condições que regem diferentes categorias de vistas, temperaturas sentidas e sons ouvidos.

Há multidões de generalidades notórias acerca das limitações e falibilidades dos nossos sentidos. O prestidigitador faz-nos lembrar — é claro que em vão — que a rapidez da mão engana o olho; os provérbios recordam-nos que nem tudo o que reluz é ouro; e a fábula de Esopo sobre o cão ganancioso faz lembrar que os reflexos de ossos podem ser confundidos com ossos — até o momento em que se queira comê-los.

Os pensadores que desejam manter a preeminência do saber matemático sobre outras crenças, e os pensadores que desejam depreciar as crenças de natureza terrena em favor das supraterrenas, argumentaram freqüentemente a partir desses notórios fatos de ilusão, delírio e imprecisão da percepção sensorial para chegar à conclusão geral de que jamais poderemos dar alguma coisa como certa usando os nossos olhos, ouvidos e narizes. O que às vezes é fraudulento pode ser sempre fraudulento. Quando confiamos e fomos desapontados, deveríamos deixar de confiar. Mesmo que haja alguns artigos genuínos, ainda assim lhes falta a marca do contraste, gravada como prova de sua autenticidade. Nunca existe algo que nos indique e assegure que *esse* é um dos artigos genuínos.

Não quero gastar muito tempo examinando os argumentos favoráveis a essa depreciação geral da percepção sensorial ou os motivos intelectuais para negar todas as credenciais à percepção sensorial, a fim de enaltecer as do cálculo, da demonstração ou da fé religiosa. Quero chegar rapidamente ao terreno muito mais espinhoso onde as descrições científicas da percepção parecem culminar na importante doutrina de que os observadores, inclusive os próprios fisiologistas e psicólogos, nunca percebem o que ingenuamente supõem perceber. Mas, como existe um certo intercâmbio entre as duas áreas, devo falar um pouco sobre a argumentação muito geral que, partindo das notórias limitações e falibilidades dos nossos sentidos, pretende demonstrar a impossibilidade de passarmos a conhecer seja o que for por intermédio da visão, da audição e do tato.

Um país que não tivesse moeda cunhada não ofereceria campo para as falsificações. Não haveria nada que os falsificadores pudessem fabricar e passar adiante. Poderiam, se desejassem, fabricar e distribuir discos muito bem decorados de latão ou chumbo, que o público talvez gostasse de adquirir. Mas não seria moeda falsa. Só pode existir moeda falsa onde há moedas feitas dos materiais apropriados pelas autoridades competentes.

Num país onde se cunha moeda, as moedas falsas podem ser fabricadas e passadas; e a falsificação pode ser tão eficiente que um cidadão comum, incapaz de dizer quais são as moedas autênticas e quais as falsas, acabará por desconfiar da autenticidade de qualquer moeda que receba. Mas, por mais genéricas que sejam suas desconfianças, subsiste uma proposição que ele não pode acolher, ou seja, a proposição de que é possível que todas as moedas sejam falsas. Pois deve haver uma resposta à pergunta: "Falsificação do quê?". Ou um juiz que no passado se deparou com um excessivo número de testemunhas falsas e desonestas pode ter toda a razão em esperar que os depoimentos de hoje caiam por terra durante o interrogatório; mas não pode declarar que nunca há exatidão e sinceridade nos testemunhos. Até mesmo considerar se determinada testemunha foi insincera ou inexata no que declarou envolverá necessariamente considerar o que teria sido certo e honesto dizer. O gelo não poderia ser fino se não pudesse ser espesso.

Mais do que isso. Todos nós conhecemos a verdade geral de que poderemos ser enganados por uma moeda falsa ou por um vigarista; e, numa determinada contingência, embora cientes do perigo, poderíamos não dispor de testes de acidez ou detectores de mentiras confiáveis que nos permitissem distinguir entre o falso e o autêntico. Mas a nossa situação nem sempre é essa. Às vezes cometemos erros de contas, de soma ou de multiplicação, e podemos lembrar-nos desse risco ao mesmo tempo que cometemos um desses enganos. Assim, à primeira vista, parece que deveríamos render-nos e dizer que nunca conseguiremos apurar o número exato de cadeiras numa sala contando-as, e nunca descobriremos, somando ou multiplicando, as respostas corretas para os nossos problemas aritméticos. No entanto, não nos rendemos. Pois aqui temos em nosso poder todos os testes de acidez e detectores de mentiras de que necessitamos. Ou seja, podemos contar de novo, cuidadosamente, e calcular de novo, cuidadosamente. Esse cuidado não será considerado meramente uma precaução inútil e ansiosa contra nada em particular. Será uma precaução justamente contra aqueles deslizes que cometemos antes e que detectamos e corrigimos antes. Nesse caso, sabemos por experiência o que é contar e calcular errado, e o que é evitar, detectar e corrigir esses erros de cálculo ou de contagem. Mas ainda assim nossas precauções podem não ser suficientes. Talvez contemos três vezes, uma vez rapidamente e duas vezes lentamente, e nem sempre começando do mesmo ponto; mas ainda erramos na contagem. Ou talvez somemos, primeiro de cima para baixo, depois de baixo para cima; mas ainda assim calculamos errado. Muito bem... mas como é que o erro aparece? Através de alguém contando corretamente ou alguém somando corretamente. A coisa foi viável; ela foi feita. Não a fizemos, mas conhecemos tudo o que é preciso para fazê-la. Poderíamos tê-la feito nós mesmos. Longe de pensar que talvez nada possa jamais ser apurado contando ou somando, percebemos não só que as coisas podem ser assim apuradas, mas também que entre as coisas que assim podem ser apuradas estão os erros de contagem e de adição.

Comparemos com essas falibilidades humanas a falibilidade do revisor de provas. Ele tem de descobrir erros de composição, se os houver, numa página, e o seu único método para descobri-los, caso existam, é vendo-os. Talvez ele assinale três e deixe passar dois. Um dos três que assinalou não é um erro, mas uma alternativa ortográfica correta. O revisor é informado sobre isso e toma cuidado para não cometer de novo esse erro, embora isso não elimine a possibilidade de que o repita inadvertidamente. O que dizer sobre os dois erros que ele descobriu e o outro que deixou passar? Os dois que identificou ali estão, e ele os descobriu vendo-os. Logo, fez bom uso de seus olhos. Aquele que não viu foi encontrado, talvez, por uma outra pessoa que usou os olhos para localizar o erro. Portanto, fez também um bom uso de seus olhos. Além disso, o próprio revisor admite em retrospecto que tinha deixado passar aquele erro, ou seja, um erro de composição que ele agora vê claramente quando lhe é assinalado.

Usar os próprios olhos é a única maneira de descobrir erros gráficos e podemos ter certeza de que revisores de visão boa ou normal, com longa prática e que empregam as técnicas de sua profissão, descobrem quase todos, embora não todos os erros que há para descobrir. As probabilidades de equívocos e lapsos nunca se reduzem a zero; mas podem reduzir-se, o que ocorre freqüentemente, a dimensões desprezíveis. Mas a sincera confissão do revisor, "É sempre possível que eu deixe passar um erro de composição", não equivale ao lamento "É possível que eu sempre deixe passar todos os erros de composição", ou à desesperançada sugestão de que talvez tudo o que é impresso em todo e qualquer livro esteja errado, embora sejam erros difíceis de descobrir.

Para propósitos futuros, devemos assinalar que embora um revisor de provas às vezes só veja um erro quando lhe é mostrado, e então passa a vê-lo com total clareza, outras vezes não consegue enxergá-lo mesmo depois de o erro lhe ser apontado — e há diferentes tipos de obstáculos que o impedem de ver. Não consegue ver erros quando tem uma catarata; quando a iluminação é ruim; quando a página está muito distante de seus olhos. Mas também pode ser incapaz de enxergá-lo por estar aturdido ou apressado; ou por não conhecer o idioma ou a ortografia da palavra errada; ou porque ele próprio foi o autor do trecho e, portanto, conhece tão bem o que deve estar impresso na página que, sem tomar precauções especiais, não vê que aquilo que realmente está na página não é o que deveria estar; ou então ele passa a refletir tanto a respeito do tópico tratado na passagem que não lhe sobra tempo para pensar sobre a forma como foi impressa. Ele se recriminará por ter sido vítima de alguns desses incidentes, mas, quanto a outros, como a catarata ou a má iluminação, lamentará, mas não terá remorso. Quer dizer, algumas explicações que ele dará para alguns dos seus equívocos e omissões serão do mesmo gênero das explicações que daria para seus erros e falhas ao contar ou multiplicar, mas outras serão de um gênero muito diferente, como as explicações que ele expressa em termos de oftalmologia ou óptica elementares.

Mas até quando os seus equívocos e omissões são explicados em termos oftalmológicos ou ópticos, esse fato não prova por si só a desalentadora proposição geral de que não existe ninguém cujos olhos sejam prestáveis para qualquer coisa, com o corolário tacitamente implícito de que nenhum revisor de provas pode realmente apurar com absoluta certeza se existem erros numa página ou não. A existência de incapacidades é prova evidente contra e não a favor da inexistência de aptidões e capacidades.

Faz uma enorme diferença se a imputação de adulteração geral aos sentidos baseia-se na existência de incapacidades, como o daltonismo, ou na existência de ineficiências no exercício de nossas aptidões. Podemos falhar em detectar erros, embora os vejamos muito bem quando nos são apontados; mas do mesmo modo podemos deixar de identificar falácias em argumentos, embora as reconheçamos quando nos são assinaladas. Podemos confundir uma sombra com um réptil, uma poça de água com uma miragem ou um enxame de abelhas com um rastro de fumaça; mas também podemos dar 54 como o produto de 8 por 7. Podemos, mas não necessariamente. Sabemos como não cometer tais erros, e, se ainda não sabemos, estamos ainda a tempo de aprender. Cometemos esses erros não porque haja algo de errado com os nossos olhos, mas porque ainda somos ignorantes, ou impetuosos, ou indolentes, ou vítimas de hábitos rígidos. Não usamos os nossos olhos tão bem quanto poderíamos ou tão bem quanto algumas outras pessoas os usam. Lapsos dessa espécie são idênticos aos lapsos que ocorrem na contagem, no cálculo, na tradução e no raciocínio. O fato de podermos nos enganar, e freqüentemente nos enganarmos, não prova que sejamos forçados a errar ou que não possamos acertar. Somente os caminhos que podem ser mantidos admitem a possibilidade de desvios.

Mas a argumentação quanto à adulteração geral dos sentidos com freqüência gira em torno não dos fatos muito genéricos de que nem sempre somos cuidadosos ou bem instruídos, mas dos fatos muito mais específicos de que os nossos olhos, ouvidos e narizes estão sujeitos a deteriorações crônicas ou ocasionais. Não é por falta de tentativas ou por falta de treinamento que o daltônico não consegue distinguir cores que as outras pessoas distinguem. O fato de os cães serem capazes de farejar cheiros e ouvir apitos estridentes que estão fora de nosso alcance revela limitações de nosso equipamento, não de nossa habilidade para usá-lo. Há certamente inúmeros fatos desse tipo geral, muitos deles conhecidos de todos, outros só conhecidos de especialistas. Mas, na medida em que concorrem para mostrar a existência de muitas coisas que não estamos equipados para perceber, eles não contribuem, por enquanto, para mostrar que não estamos equipados para perceber seja o que for. Há muitas coisas que são grandes demais e há muitas coisas que são minúsculas demais para que possamos manuseá-las com as nossas mãos ou mastigá-las com os nossos dentes, mas não se segue daí e não é verdade que não possamos manusear canetas ou mastigar biscoitos. Temos excelentes razões para pensar que cães, morcegos e mariposas podem detectar coisas que os homens são incapazes de captar; mas não são razões, por si sós, para duvidarmos da capacidade do homem para detectar o que quer que seja. De fato, podemos ver e ouvir, entre outras coisas, como se comportam os cães, morcegos e mariposas.

Antes de passarmos dessa linha de depreciação dos sentidos para a linha seguinte, muito mais importante, quero apenas deixar uma advertência contra a aceitação excessivamente literal de certas figuras de retórica muito difundidas. Quando dizemos que nossos olhos nos enganam, ou que o testemunho do nosso nariz é suspeito, estamos falando como se nós e os nossos olhos fôssemos duas partes numa disputa, ou como se o nosso nariz estivesse no banco das testemunhas, enquanto nós próprios ficamos sentados no meio dos nossos companheiros de júri. Os danos não provêm necessariamente do emprego dessa figuras de retórica, mas podem provir. Um atleta poderia lamentar-se, de modo pitoresco, de que seu tornozelo o traiu ou seu pulso entrou em greve; e se essas falas se tornassem habituais, poderíamos às vezes cair na armadilha de supor que as relações entre nós e os nossos membros são relações de patrão com empregados. Poderíamos passar a falar seriamente de jogadores que são aconselhados a dispensar seus membros e tentar progredir sem eles.

A noção de que os nossos olhos, ouvidos e narizes são correspondentes estrangeiros que nos enviam mensagens, as quais, após exame detalhado, revelam com freqüência, e talvez sempre, ser meras invenções, é muito difundida. Penso que não preciso desenvolver o ponto de que, quando levada a sério, essa noção constitui uma tentativa de ajustar generalidades conhecidas sobre percepção, delírios, avaliações errôneas, surdez, etc. a um esquema conceitual rígido e inadequado, a saber, o de alguma trama política ou social, como a de um tribunal de pequenos delitos ou a da sede de um jornal.

As pessoas cometem erros, confundem-se, não conseguem solucionar coisas, esquecem coisas, etc. ao considerá-las como o fazem ao calcular, traduzir, demonstrar e participar de jogos. Mas seria um equívoco descrever essas dificuldades como resultados de mensagens falsas ou ambíguas dos repórteres. Pois os próprios repórteres são bons ou maus observadores, e receptores críticos ou não críticos de informações fornecidas por outros. Assim, equiparar os nossos olhos a repórteres é simplesmente recuar uma etapa na questão das fontes de erro — como se houvesse alguma vantagem em obter a resposta de que estariam enviando informações falsas por *seus* olhos e ouvidos por *suas* imaginações indisciplinadas.

Agora é hora de passarmos para uma fonte muito mais difícil e importante de processos teóricos.

Quando a anatomia, a fisiologia e, mais tarde, a psicologia se desenvolveram como ciências mais ou menos bem organizadas, passaram necessária e justificadamente a incorporar o estudo, entre outras coisas, das estruturas, mecanismos e funcionamentos de corpos animais e humanos como perceptivos. São procuradas e encontradas respostas para perguntas do padrão geral "Com que órgãos do corpo nós vemos, ouvimos, provamos e sentimos coisas?" e "Que lesões, doenças e fadigas nesses órgãos diminuem ou destroem a nossa capacidade de ver, ouvir, cheirar, provar e sentir coisas?". Não resultará dano, necessariamente — embora possa resultar —, de se formular o programa geral dessas investigações nos padrões de perguntas "Como percebemos?" e "Ver é efeito do quê?".

Eu digo que o dano pode resultar de se formular assim o programa dessas investigações. Pois essas questões, formuladas nesses termos, prestam-se facilmente a ser interpretadas de acordo com o padrão de outras questões conhecidas e bem comportadas; e, quando assim interpretadas, preocupam-nos por causa de seu comportamento extremamente ruim. Quero dizer o seguinte: as perguntas "Como digerimos o nosso alimento?" e "O que acontece em nós quando bebemos leite ou álcool?" têm respostas suscetíveis de serem descobertas — e que são descobertas. Os especialistas sabem muito bem o que acontece ao leite ou ao álcool depois que o consumimos, e que diferenças a absorção deles ocasiona em nossa corrente sangüínea, nossos tempos de reação, etc. Sem dúvida, há mais coisas a descobrir, mas podemos pensar como será dispormos desse conhecimento adicional. Sabemos onde ele se encaixará.

Assim, quando perguntamos "Como é que vemos árvores?" ou "O que nos acontece quando vemos árvores?", estamos predispostos a esperar os mesmos tipos de respostas, isto é, relatos de modificações em alguns dos nossos estados e processos internos. Mais do que isso: estamos predispostos a pensar que esses relatos nos dirão não só o que acontece em nós quando percebemos mas em que consiste o perceber, do mesmo modo como a resposta à pergunta "O que acontece quando comemos veneno?" nos diz em que consiste ser envenenado. Tal como o ato de comer resulta em alimentação e a hemorragia resulta, às vezes, em desmaio ou morte, também imaginamos que alguns outros eventos externos resultam, *através* de outros acontecimentos internos complexos, no acontecimento interno especial que é ver uma árvore.

Entretanto, seja como for que os seus detalhes possam ser preenchidos, esse gênero de história deixa-nos intranqüilos. Quando me perguntam se vejo ou não uma árvore, não me passa pela cabeça adiar a resposta até que um anatomista ou um fisiologista tenha sondado meu interior, do mesmo modo como ele, quando lhe perguntam se viu as linhas em ziguezague do seu encefalograma, não adia a resposta até que um outro anatomista ou fisiologista o tenha testado mediante um segundo encefalograma. A pergunta sobre se vi ou não vi uma árvore não é em si mesma uma pergunta sobre a ocorrência ou não-ocorrência de processos ou estados suscetíveis de serem experimentalmente descobertos de algum modo por trás de minhas pálpebras, caso contrário ninguém poderia sequer atribuir um sentido à pergunta sobre se viu ou não uma árvore enquanto não lhe tivessem sido ensinadas algumas lições complicadas sobre o que existe e ocorre por trás das pálpebras.

"Nada disso", poder-se-ia dizer. "É claro que ver uma árvore não é apenas um processo fisiológico ou um estado fisiológico. Tais estados e processos podem ocorrer, de fato, sem que o seu dono conheça absolutamente nada a respeito deles, quando ver, ouvir e cheirar pertencem ao mesmo campo de recordar, desejar e surpreender-se, ou seja, ao campo ou fluxo de consciência. Uma pessoa pode sofrer de deficiência vitamínica sem saber o que são vitaminas, muito menos que está com falta delas. Mas não pode ver, ou recordar, ou surpreender-se sem saber que está fazendo algo e o que é esse algo que está fazendo. Não se trata de estados ou processos corporais, mas de estados ou processos mentais, e as perguntas 'Como vemos árvores?' e 'E o que acontece em nós quando vemos árvores?' não necessitam de respostas anatômicas ou fisiológicas, mas de respostas psicológicas, ou talvez de uma conjunção de respostas psicológicas e fisiológicas."

É uma queixa sistemática dos fisiologistas, de Sydenham a Sherrington, de que não apenas não conseguem descrever mas, o que é pior, não conseguem pensar como lhes seria possível sequer descrever toda a cadeia de processos desde a chegada do impulso físico externo inicial ao tímpano, digamos, ao longo de todo o percurso até ser detectada pelo indivíduo que percebe a nota de uma flauta. Mas sugere-se que essa queixa é gratuita, visto que, de qualquer modo, ainda não sabemos como, a cadeia de processos deixa, num certo ponto, de ter suas ligações no corpo para ter seu último elo ou elos na mente. É aí que o processo terminal tem sua sede.

Penso que há um certo número de objeções a esse modo de considerar a visão e a audição como os estágios finais dos processos em cadeia, ao mesmo tempo que os tornamos inacessíveis à observação e à experimentação em laboratório. Mas não quero ocupar-me delas aqui. O que espero fazer é mostrar que existe algo que está drasticamente errado em todo o programa de tentar catalogar a minha visão de uma árvore como o estágio fisiológico ou psicológico final de processos. Não é uma questão da minha visão da árvore eximir-se à observação e ao experimento, mas é uma questão de não ser o tipo de coisa que possa ser encontrado *ou* deixado de lado num lugar ou no outro. Não é um fenômeno intratável e oculto, nem mesmo um fenômeno introspectivo, pois não é fenômeno nenhum. Tanto o fisiologista quanto o psicólogo, ou eu mesmo, não podem surpreender-me no ato de ver uma árvore — porque ver uma árvore não é o tipo de coisa em que eu possa ser surpreendido. Quando relato, talvez a uma oftalmologista, que num dado momento vi alguma coisa, o que relato não se qualifica como o recheio de qualquer declaração do modelo "A agulha deu-me uma picada dolorida" ou "Sua hemorragia o fez desmaiar". Sublinhando este ponto em poucas palavras, ver uma árvore não é um efeito — mas não porque seja um gênero excêntrico de estado ou processo que esteja isento de explicações causais, mas porque não é, de modo algum, um estado ou processo.

Nesse aspecto negativo, ver e ouvir são como gostar. Foi por essa razão, em parte, que anteriormente examinei longamente a noção de gostar, ou seja, para familiarizar o leitor com a idéia de que verbos autobiográficos bem compreendidos podem ainda assim ser classificados de modo grosseiramente errôneo. Argumentei que alguns teóricos tinham tentado acomodar as noções de gosto e aversão no mesmo esquema conceitual que convém a termos como "dor" e "coceira". Tinham classificado de modo errado *gosto* e *aversão* como sensações ou sentimentos. Um pouco do mesmo modo, muitos teóricos tentaram submeter as noções de ver, ouvir, etc. à mesma categoria de noções como *dor* e *coceira*, ou então de noções como *inflamação* ou *reflexo patelar*. É tacitamente pressuposto que ver e ouvir é necessariamente o que os estímulos estimulam, só que, lamentavelmente, ainda não descobrimos o modo de correlacionar com esses estímulos as percepções que eles estimulam.

Quero dizer que verbos como "ver" e "ouvir" não são verbos desse tipo. Suas funções são inteiramente diferentes das funções de verbos como "estremecer", "empalidecer" ou "desmaiar"; e perguntas que admitem respostas, como "O que o fez desmaiar ou recuar?", tornam-se perguntas informuláveis quando "ver" ou "saborear" substituem "desmaiar" e "vacilar".

Para começar, ver e ouvir não são processos. Aristóteles sublinha, muito corretamente (*Met*. IX, vi. 7-10), que posso dizer "Eu o vi" assim que posso dizer "Eu o vejo". Generalizando aquilo que, penso eu, ele quis mostrar, existem muitos verbos cuja função é, em parte, declarar um término. Descobrir algo coloca "Finis" na busca desse algo; vencer uma corrida põe fim à corrida. Outros verbos são verbos de começar. Lançar à água um navio é inaugurar a sua carreira marítima; fundar um colégio é fazê-lo existir daí em diante. Ora, começar e parar não podem ter começos ou fins, nem, *a fortiori*, meios. O meio-dia não começa, prossegue e acaba. Ele próprio é o fim da manhã, o começo da tarde e o ponto médio do dia. Não pode continuar por algum tempo, por mais breve que seja. Não é um processo ou um estado. Do mesmo modo, embora se possa perguntar qual a extensão de um poema, não podemos perguntar que extensão têm seu começo e o seu fim. Estes não são subtrechos do poema.

Podemos perguntar quanto tempo se passou antes que o time marcasse o seu primeiro gol; ou quanto tempo o atacante levou conduzindo a bola na direção do gol; e até quanto tempo a bola levou em seu vôo entre o chute do atacante e sua entrada no gol. Mas não podemos perguntar quantos segundos foram ocupados na marcação do gol. Até um certo momento, o time não tinha feito gol; a partir desse momento, tinha um gol marcado. Mas não houve nenhum momento intermediário, em que tivesse sido marcado meio gol, ou metade do primeiro gol. Marcar um gol não é um processo, mas o término de uma condição de jogo e o começo de outra. O começo de um processo, como o início do movimento de uma avalancha, não é a causa desse movimento; o fim de um processo, como a extinção de um incêndio, é a conclusão mas não um efeito da combustão.

Penso que está evidente por que, com certas reservas, verbos que desse modo declaram términos não podem ser usados e, de fato, não são usados no presente contínuo ou no pretérito. Um juiz pode dizer que esteve julgando um homem durante toda a manhã, mas não que passou a manhã ou uma parte da manhã condenando-o. Posso dizer que estou ocupado procurando um lápis ou a solução de um anagrama. Do mesmo modo, posso estar voltando os olhos para alguma coisa ou procurando algo, mas não a posso estar adiando. O verbo "achar" não significa uma experiência, isto é, algo que devo levar a cabo, algo em que estou empenhado. Não significa um subperíodo de minha história de vida.

Por uma questão de segurança, permitam-me mencionar apenas as reservas. Certamente eu poderia dizer que passei a manhã descobrindo erros gráficos, mas não que passei uma parte da manhã descobrindo um determinado erro gráfico. Se descobri um erro gráfico após outro, e a seqüência de descobertas desenrolou-se desde o café da manhã até ao almoço, então passei toda a manhã descobrindo erros gráficos. Ou, ao me perguntarem o que estou fazendo, posso responder que estou resolvendo anagramas. Solucionei alguns e há mais alguns que espero resolver. Mas não poderei dizer: "Estou neste momento resolvendo este anagrama." Quer eu já tenha a solução quer não a tenha ainda. Em suma, vários verbos biográficos como "descobrir", "ver", "detectar" e "resolver" compartilham com muitos outros verbos de começar e terminar, que não têm especiais conotações biográficas, da propriedade negativa de não representar processos que têm lugar em coisas, ou estados em que as coisas permanecem. Portanto, o programa de localizar, inspecionar e medir o processo ou estado de ver, e de correlacioná-lo com outros estados e processos, é um programa irrealizável — irrealizável não porque a presa use botas de sete léguas ou uma capa de invisibilidade, mas porque a idéia de que tal presa existe foi quase o produto de desatenção à gramática.

Dizer que verbos de detecção perceptiva, ao contrário dos de exploração perceptiva, apresentam essa semelhança com os verbos de parar e começar não nos diz muita coisa, é claro, acerca de sua ação. Dar xeque-mate assemelha-se também, nesse aspecto, à meia-noite, mas uma pessoa que soubesse apenas isso não saberia grande coisa a respeito de xeque-mate. Consideremos alguns casos intermediários. Atingir o final da milha marcada de uma pista de corrida não leva tempo. O atleta estava correndo há uns cinco minutos antes de atingir esse ponto, mas o ter atingido esse ponto não prolongou o seu tempo de corrida. Atingir o marco de uma milha não é algo que tenha seu próprio começo, meio e fim. O mesmo ocorre no caso de se vencer uma corrida de uma milha. Contudo, vencer envolve muito mais do que alcançar o marco de uma milha. Para vencer uma corrida, o vencedor deve ter corrido em competição com pelo menos um outro corredor; não pode ter começado antes do disparo da pistola, nem ter tomado atalhos que encurtassem o percurso, nem ter usado uma bicicleta ou cometido alguma falta que prejudicasse o seu adversário. Sua vitória na corrida ocorre com a sua chegada ao final da milha mas, para ser considerada uma vitória, deve satisfazer vários outros requisitos. As duas coisas são alcançadas, mas não são mutuamente homogêneas.

Suponhamos um homem que, fugindo aterrorizado de um touro furioso, cruze a linha de partida de uma pista de corrida no instante em que soa o tiro de pistola e, em seu terror, alcance a fita de chegada à frente dos corredores. Diríamos que ele venceu a corrida? Ou que, como não sabia que uma corrida estava sendo realizada, ou, seja como for, não tinha a intenção de concorrer em velocidade com quem quer que fosse a não ser o touro, e portanto não estava na corrida e não a venceu? O enxadrista descuidado cuja manga empurra acidentalmente a rainha para um quadrado que coloca o rei do adversário em xeque-mate derrotou seu adversário? Tendemos a exigir alguma intenção ou propósito de um corredor ou jogador antes de usar os verbos de término "vencer" e "dar xeque-mate".

Podemos imaginar um treinador de atletismo com formação científica pesquisando a fisiologia e a psicologia de corredores. Ele verifica como homens de diferentes compleições físicas e diferentes temperamentos correm diferentes distâncias. Verifica os efeitos da fadiga, do álcool, do fumo, do lumbago e da depressão sobre os seus desempenhos. Registra a coordenação muscular, o ritmo, o comprimento das passadas e a cadência respiratória. Verifica a adrenalina, os tempos de reação e os impulsos elétricos nas fibras nervosas. Mas depois lamenta não ter descoberto nenhum fenômeno fisiológico responsável pela vitória ou pela derrota de seu atleta numa corrida. Entre o seu dispêndio final de energia e a sua vitória ou derrota existe um misterioso hiato. A fisiologia é frustrada. Então, por um momento, nosso treinador de mentalidade científica anima-se. Talvez ganhar e perder não sejam estados ou processos fisiológicos que se realizem sob a pele do atleta; talvez sejam estados ou processos mentais, experiências que o próprio atleta possa trazer à tona mediante cuidadosa introspecção. De fato, isso parece muito plausível, uma vez que os corredores, que nada sabem do que está acontecendo sob sua própria pele, parecem freqüentemente não ter qualquer dificuldade para descobrir que venceram ou perderam uma corrida. Assim, é presumível que eles descubram esses fatos por introspecção com respeito a seus estados e processos mentais. Mas então, lamentavelmente, resulta que essa hipótese também não é válida. A vitória de um corredor, embora esteja associada, em muitos aspectos, a seus músculos, nervos e disposição de espírito, ao seu treinamento prévio e às instruções que recebeu antes da corrida, ainda se recusa, apesar de tudo, a ser incluída entre essas ou outras fases afins de sua carreira pessoal. Por mais que ele seja veloz, resoluto e hábil em sua corrida, só vencerá se tiver pelo menos um adversário, se não tiver cometido fraude e se tiver chegado primeiro. Não se pode verificar se essas condições foram satisfeitas explorando ainda mais a fundo o interior do atleta. Vencer não é um fenômeno fisiológico, como transpirar e arquejar, nem é um fenômeno psicológico, por exemplo, uma experiência como um surto de confiança ou um espasmo de irritação. Isso acontece, mas, para expressar-me de um modo que não é o meu, não acontece em nenhum desses dois lugares, pois tudo o que está acontecendo tem muito a ver com o que aconteceu nesses dois lugares.

Em alguns aspectos, embora não em muitos, por certo, os verbos "ver" e "ouvir" funcionam como o verbo "vencer". Não representam condições, processos ou estados somáticos ou psicológicos. Não representam nada que tenha continuidade, ou seja, que tenha um começo, um meio e um fim. A asserção de que um indivíduo viu um erro gráfico pressupõe a asserção de que havia um erro para ser visto por ele, de certo modo como a afirmação de que um corredor foi vitorioso ou derrotado envolve a afirmação de que havia, pelo menos, um outro corredor. O fato de que o revisor viu um erro gráfico tem muito a ver com os fatos acerca da luz, das condições e da posição dos olhos, sua distância da página e a ausência de cortinas, as condições de sua retina, nervos, etc., a natureza de sua educação prévia e seus interesses atuais, humor, etc. Mas ver ou deixar passar o erro não está entre os fatos a respeito do invidíduo que podem ser estabelecidos do modo como o são esses fatos fisiológicos e psicológicos. Não é um fato de nenhum desses tipos. Não obstante, não se trata de um fato misterioso, assim como vencer ou perder uma corrida não se torna um fato misterioso pelo malogro dos experimentos com o corredor para estabelecê-lo.

Essa analogia parcial entre a função do verbo "vencer" e a de verbos como "ver" e "ouvir", é claro, desfaz-se rapidamente e em numerosos lugares. Quero chamar a atenção para dois exemplos, que são, penso eu, especialmente esclarecedores. Em primeiro lugar, ninguém iria, de fato, supor que "vencer" representa uma condição ou processo fisiológico ou psicológico, ao passo que todos nós somos intensamente pressionados para assimilar ver e ouvir a ter cólicas e pontadas. A nossa imunidade ao risível disparate que inventei deve-se em parte ao fato de conhecermos não apenas implicitamente e na prática, mas explicitamente e em teoria, as conotações do verbo "vencer". Aprendemos as regras da corrida quando nos ensinaram a correr. Não só sabíamos mas podíamos dizer o que constituía trapacear e não trapacear, o que constituía competir e o que constituía terminar uma corrida. De modo ainda mais patente, tínhamos sido explicitamente instruídos nas regras do xadrez antes de começar a usar a palavra "xeque-mate". Mas os verbos de percepção, embora também comportem conotações complexas, em parte similares às de "vencer" e "xeque-mate", não nos foram, nem poderiam ter sido, ensinados desse modo. Aprendemos os modos de lidar com eles sem que nos dissessem quais eram esses modos, assim como aprendemos a pronúncia das palavras de nossa língua materna sem tomar aulas de teoria fonética.

Em segundo lugar, ao passo que a questão sobre se ganhei a corrida, dei xeque-mate no meu adversário ou acertei na mosca pode ser respondida com freqüência muito melhor, ou pelo menos não pior, por outra pessoa do que por mim, a questão sobre se vi ou ouvi alguma coisa não envolve nem necessita, geralmente, de um juiz. Na grande maioria das situações cotidianas, a pessoa que afirma ter encontrado ou detectado algo está muito bem situada para sustentar essa afirmação. Ela é um juiz tão qualificado e tão favoravelmente situado como juiz quanto qualquer um poderia ser. Mas, e este "mas" é importante, nem sempre. O leitor que afirma ter encontrado um erro de composição ou, ao contrário, um texto correto não poderá ser merecedor de crédito se tiver má ortografia ou for pouco versado na língua do texto; a criança que afirma ver os trilhos da estrada de ferro juntarem-se logo adiante da torre de sinais não é a pessoa indicada para emitir opinião sobre o que afirma; e a questão sobre se os espectadores viram ou não as pombas surgirem do bolso do ilusionista deve ser decidida por ele, e não por eles. Note-se que o ilusionista está em condições de rejeitar a afirmação dos espectadores de que viram algo acontecer, se ele sabe que nada aconteceu. Se a coisa aconteceu, mas aconteceu por trás de uma cortina, então a afirmação dos espectadores de que tal coisa aconteceu deve ser rejeitada. Não a poderiam ter visto, a menos que tivesse acontecido e a menos que tivesse acontecido em tal lugar, a uma tal distância e sob uma tal luz que fosse visível para eles, e a não ser que seus olhos estivessem abertos, adequadamente dirigidos e focalizados, etc. Mas quando ele admitiu que os espectadores poderiam ter visto isso acontecer, a questão sobre se, de fato, eles viram isso acontecer não poderá ser resolvida por ele sem os interrogar.

Que tipos de perguntas lhes serão apresentadas? Não lhes pedirá que descrevam, em retrospecto, as experiências que tiveram, por exemplo, os sentimentos que conheceram, as idéias que cruzaram suas mentes, ou as pós-imagens, se é que houve alguma, que interferiram em sua visão subseqüente; e, é claro, não lhes fará perguntas intrincadas de natureza fisiológica ou psicológica, para as quais não têm condições de dar qualquer resposta. Aliás, nenhuma resposta que dessem a essas perguntas contribuiria para se saber se tinham visto o que afirmavam ter visto. Não, ele fará perguntas sobre aquilo que eles afirmam ter visto acontecer. Se eles puderem descrever fatos sobre o acontecimento que só poderiam ter descoberto se o vissem acontecer, esse conhecimento é que o satisfará como prova do que os espectadores viram. Mas, às vezes, eles não estarão aptos a satisfazê-lo desse modo, e a questão sobre se viram o que afirmam ter visto permanece para ele sem resposta. Pode também permanecer sem resposta para eles. A mãe ansiosa, de ouvido atento para o carro do médico, não tem a certeza se escutou vagamente ou não o ruído do automóvel alguns momentos antes de ele, de fato, chegar. Talvez seja imaginação — o que freqüentemente é. Talvez o tenha ouvido — muitas vezes o fazemos. Mas não é necessário resolver a questão após o evento.

Mas, de um modo geral, é verdade — poderíamos até dizer *é claro* que em geral é verdade — que um observador viu ou ouviu o que diz ter visto ou ouvido. Às vezes, ele é enganado, por exemplo, pela rapidez da mão do prestidigitador; mas só pode ser ludibriado nessa situação anormal porque não é enganado quando presencia os movimentos relativamente lentos das mãos das pessoas com quem se relaciona habitualmente. A criança, na sua primeira visita a um arranha-céu, pode equivocadamente julgar que os carros na rua lá embaixo são do tamanho de vespas — mas para essa avaliação errônea ser possível, ela deve ter aprendido, em situações comuns, a determinar corretamente as dimensões de carros e vespas. A questão é que, enquanto vencer é a marca de um êxito atlético, perceber é a marca de um êxito de investigação. Descobrimos coisas ou passamos a conhecê-las vendo e ouvindo. É claro, sabemos o que descobrimos, pois descobrir que uma coisa é fato significa passar a saber que ela é fato. Normalmente, embora não necessariamente, também sabemos como o descobrimos, por exemplo, pela visão e não pelo olfato, ou pelo tato e não pela audição; embora haja casos limítrofes em que ficamos em dúvida sobre se descobrimos que uma pessoa estava zangada pela expressão de seu rosto ou pelo tom de sua voz; ou se detectamos a proximidade de um tronco de árvore no escuro em virtude de uma espécie de adensamento dos sons das coisas ou de uma espécie de inexprimível sugestão dada pela pele de nosso rosto.

Neste capítulo, tentei mostrar pelo menos parte da solução de um certo tipo de dilema acerca da percepção. De alguns fatos bem conhecidos da óptica, da acústica e da fisiologia parecia seguir-se que aquilo que vemos, ouvimos ou cheiramos não podem ser, como correntemente supomos, coisas e acontecimentos exteriores a nós mas, pelo contrário, coisas ou acontecimentos dentro de nós. Enquanto comumente dizemos com toda a segurança que estamos vendo os rostos de outras pessoas, deveríamos, ao que parece, dizer que vemos, pelo contrário, algumas coisas acontecendo atrás dos nossos próprios rostos, ou então, mais prudentemente, dentro de nossas próprias mentes. Enquanto habitualmente supomos que não podemos ver no interior de nossas próprias cabeças, e que só cirurgiões altamente qualificados teriam a possibilidade de vislumbrar o que existe e acontece ali, deveríamos admitir, pelo contrário, que todas as visões, sons e cheiros a que temos acesso estão literal ou metaforicamente dentro de nós; e que aquilo que o neurocirurgião vê, quando espreita dentro dos nossos crânios, não é, por sua vez, nada que exista ou aconteça em nossos crânios, mas algo que existe ou acontece no interior do crânio dele, ou então dentro de alguma outra câmara mais etérea, totalmente particular dele.

Uma fonte desse dilema é, como procurei mostrar, a suposição natural mas equivocada de que perceber é um processo ou estado corporal, como a transpiração; ou que é um processo ou estado não-corporal, psicológico; ou, talvez, que é, de certo modo, um processo ou estado corporal e não corporal. Ou seja, cedemos à tentação de encaminhar os conceitos de visão, audição e os demais através dos canais que são os apropriados para conceitos que pertencem às ciências da óptica, acústica, fisiologia e psicologia. A conduta não-programada mas bem disciplinada de dedução das noções de ver, ouvir, etc. diverge profundamente da conduta que fomos induzidos a programar para elas.

Dizer isto não é desmerecer a admirável conduta dos conceitos de óptica, acústica ou fisiologia. Não é desacreditar o arreio que se ajusta perfeitamente a uma parelha de cavalos dizer que ele constitui um estorvo quando emprestado para um cão de trenó. Mas mais do que isso. Há todos os tipos de conexões importantes entre as coisas que todos sabemos, e temos de saber, acerca da visão e da audição, e as coisas que foram e serão descobertas nas ciências da óptica, da acústica, da neurofisiologia, etc.

Dizer que uma pessoa ver uma árvore é, em princípio, a mesma espécie de processo como um negativo sendo exposto numa máquina fotográfica ou um disco de vitrola sendo prensado certamente não adianta nada. Mas muita coisa foi descoberta a respeito da visão trabalhando-se com analogias desse tipo. De fato, é a boa reputação dessas descobertas que nos induz a tentar submeter as nossas generalidades não técnicas sobre visão e audição aos códigos que governam tão bem as nossas generalidades técnicas acerca de máquinas fotográficas, gramofones e galvanômetros. Também não existe nada que nos diga de antemão se ou quando fracassará a tentativa de submissão.

VIII

LÓGICA FORMAL E INFORMAL

Até aqui, os matagais filosóficos em que me embrenhei foram matagais que cresceram por causa de disputas de fronteira entre teorias ou pontos de vista que não eram, na verdade, teorias ou pontos de vista de filósofos. Os litígios entre os disputantes eram, necessariamente, problemas filosóficos, mas os litigantes originais eram, por exemplo, matemáticos e homens comuns, fisiologistas e pintores paisagistas ou psicólogos e instrutores morais.

Mas agora quero analisar uma questão interna que recentemente surgiu entre certos filósofos e certos lógicos de mente filosófica. Apresentarei apenas um esboço da situação, em suas linhas gerais, pois pretendo concluir caracterizando, em contraste com esse esboço, alguns traços essenciais e profundos dos diversos matagais onde penetrei.

Desde Aristóteles, há um ramo de investigação, freqüentemente denominado "Lógica Formal", que sempre se manteve mais ou menos fiel às pesquisas filosóficas de caráter geral. Não é fácil descrever essa ligação entre a lógica formal e a filosofia. A apresentação sistemática das regras de inferência silogística é uma espécie de atividade muito diferente, por exemplo, da elucidação do conceito de prazer. O Aristóteles que inaugurou a primeira é o mesmo Aristóteles que desenvolveu consideravelmente a segunda, mas os gêneros de pensamento em que ele estava envolvido são muito diferentes. Os problemas técnicos da teoria do silogismo têm uma forte semelhança com os problemas da geometria euclidiana; os ideais de sistematização e a prova rigorosa são operados, questões de mudanças e matizes de significação são vedadas, os falsos lances são demonstráveis falácias. Os problemas, digamos, da teoria do prazer, da percepção ou da responsabilidade moral, não são dessa espécie. Aristóteles discute com Platão e Sócrates, e as questões definem-se melhor à medida que o debate progride, mas este não assume a forma de uma cadeia de teoremas, nem os argumentos usados nesse debate admitem uma codificação notacional. Se um dado argumento filosófico é válido ou falacioso constitui, em geral, uma questão discutível. O simples escrutínio não pode resolvê-la. Com maior freqüência, é uma questão de saber se o argumento tem muita, pouca ou nenhuma força. Entretanto, por mais diferente que a lógica formal seja da filosofia, as operações características da lógica formal exercem um controle perceptível, embora secundário, sobre as operações características da filosofia. Bem ou mal, os modos como Aristóteles debate a noção de *prazer*, a *alma* ou o *contínuo* refletem lições que ele dera a si mesmo em suas investigações lógicas. Aristóteles tampouco foi peculiar nisso. Com um escasso número de exceções, todos os filósofos de gênio e quase todos os filósofos de elevado talento desde Aristóteles até os dias atuais instruíram-se sobre algumas partes da lógica formal, e seus raciocínios filosóficos subseqüentes expuseram os efeitos que essa auto-instrução exerceu sobre eles, incluindo às vezes sua revolta contra ela.

Em alguns aspectos, vale a seguinte analogia: combater em batalhas é nitidamente diferente da instrução em campos de exercício. As evoluções mais bem conduzidas durante a instrução seriam os piores movimentos possíveis no campo de batalha, e o terreno mais favorável para uma ação de retarguada impediria inteiramente aquilo para que é feito o local de acampamento. Não obstante, o combatente eficiente e capaz também é o soldado bem treinado durante o seu período de instrução. O modo como ele tira vantagem das irregularidades do terreno revela as marcas da instrução que recebeu no asfalto. Ele pode improvisar agora operações no escuro e arriscadas, em parte porque aprendera antes a fazer coisas extremamente estereotipadas e formalizadas em plena luz do dia e em condições de absoluto tédio. Não se trata dos movimentos estereotipados da instrução, mas os seus padrões de perfeição e controle é que são transmitidos do campo de exercício para o campo de batalha.

A lógica formal aristotélica deu instrução apenas no manejo de uma variedade limitada de armas de inferência de alcance relativamente curto. As suplementações dadas pelos lógicos megáricos e estóicos, lamentavelmente, tiveram influência limitada e tardia. Caberia aos séculos XIX e XX generalizar e sistematizar a disciplina. Em particular, a disciplina foi então consideravelmente matematizada — e matematizada de dois modos distintos. Em primeiro lugar, os novos construtores da lógica formal, sendo eles próprios matemáticos, sabiam como dar forma matemática, rigor matemático e notações matemáticas a esse ramo de teoria abstrata. Em segundo lugar, como o interesse deles pela lógica formal derivou da insatisfação com os fundamentos lógicos da própria matemática, a lógica formal passou a ser não só matemática quanto ao estilo, mas também matemática quanto ao objeto de estudo; quer dizer, passou a ser empregada primordialmente a fim de fixar os poderes lógicos dos termos ou conceitos de que dependiam as provas de proposições na matemática pura.

A lógica formal ou simbólica converteu-se numa ciência ou disciplina de tal âmbito, de tal rigor e fecundidade, que está agora livre de todo o perigo de sobreviver unicamente como diretora do jardim de infância da filosofia. Com efeito, os filósofos dão-se agora por satisfeitos se eles e seus alunos forem capazes de fazer suas somas de sala de aula no assunto, e sentem-se gratificados e lisonjeados se os lógicos originais se disputerem a juntar-se a eles, de tempos em tempos, em suas próprias expedições pelos campos.

Talvez eu possa indicar agora, de maneira provisória, a natureza da disputa que já começou entre a lógica formal e a filosofia geral. Alguns lógicos formais, devidamente zelosos, ainda que às vezes gratuitamente ciumentos, estão começando agora a dizer ao filósofo: "Está na hora de parar com as tentativas de resolução dos seus problema através de exercícios obsoletos de improvisão e ensaio-e-erro. Os seus problemas, como você mesmo diz, são problemas lógicos, e já adquirimos procedimentos para resolver problemas lógicos. Enquanto você tateia, nós calculamos. Enquanto você barganha, nós empregamos a caixa registradora. Enquanto você pondera prós e contras imponderáveis, nós realizamos a correta mudança lógica."

A resposta natural do filósofo ofendido e também ciumento é a seguinte: "Sim, vocês inventaram ou encontraram um jogo particular com menos peças mas mais quadrados do que os fornecidos pelo xadrez. Converteram as palavra 'lógica' e 'lógico' a seus objetivos particulares, e agora convidam-me a deixar de explorar os campos a fim de tornar-me condutor dos seus bondes. E para quê? Ao que parece, para nada, a não ser proliferação de fórmulas truísticas. Nenhum problema filosófico de interesse para alguém foi ainda resolvido pela sua redução à forma ou ao tamanho que se ajuste ao tamanho da moeda a ser introduzida em sua máquina automática. Sua máquina registradora é, de fato, impecável e totalmente neutra, e por essa razão não se pode recorrer a ela na solução de quaisquer disputas e barganhas. Havia a noção, outrora projetada por Leibniz e depois defendida por Russell, de que os filósofos logo estariam equipados e instruídos de tal modo que ficariam habilitados a resolver suas questões por cálculo. Mas aprendemos agora, o que deveríamos ter previsto, que as questões que podem ser resolvidas por cálculo são diferentes, *toto caelo* diferentes, dos problemas que perturbam e desconcertam. Há uma pessoa para quem é uma impertinência o conselho de que se deve manter um pé no meio-fio: é o pioneiro. Os meios-fios não podem existir onde a estrada ainda não está feita, e não se podem construir estradas onde o percurso ainda não foi encontrado."

O leitor pode conjeturar os nomes abusivos que são agora passíveis de revezamento. "Cavador", "romântico", "anticientista", "palpiteiro", "literato" e, é claro, "platônico" vêm de um lado; do outro lado temos "formalista", "computador", "reducionista", "pseudocientista" e, é claro, "platônico".

Como era de se prever, nem uma parte nem outra estão certas, embora ambas estejam mais próximas da correção do que os apaziguadores que tentam combinar as operações de uma parte com as operações da outra. Está errado o sargento-instrutor que pensa que ser soldado consiste em executar os movimentos prescritos no manual de instrução. Está errado o franco-atirador que pensa que ser soldado consiste em assomos de pistoleiro amador. Mas nem um nem outro estão tão errados quanto o autor de roteiros cinematográficos que representa todos os soldados combatentes como heróis que se enfurecem em colunas cerradas de pelotões.

Examinemos um pouco mais minuciosamente o trabalho concreto, distinto das promessas intermitentes dos lógicos formais. Aristóteles, é quase certo poder-se dizer, examinou determinadas categorias de inferências, aquelas que giram em torno das noções de *todos, alguns* e *não*. Observou que de duas premissas como "alguns homens têm olhos azuis" e "alguns homens têm cabelos ruivos" não se segue que algum homem tenha olhos azuis *e* cabelos ruivos ou, é claro, que nenhum os tenha. Por outro lado, de "todos os homens são imortais" e "todos os filósofos são homens" segue-se que todos os filósofos são mortais. Existem regras que governam o emprego de *todos, alguns* e *não*, de forma tal que todas as inferências dependentes de dois ou de todos os três conceitos acima, quando dispostas de certas maneiras, são válidas, ao passo que todas as inferências que giram em torno desses mesmos conceitos, quando organizados de outras maneiras, são inválidas. Essas regras são perfeitamente gerais, em todo caso, no sentido de que diferenças de objeto concreto de estudo não têm a menor influência sobre a validade ou o caráter falacioso das inferências. As palavras quantificadoras "todos" e "alguns" podem ser indiferentemente seguidas por "homens", "vacas", "deuses" ou o que se queira, sem afetar a nossa decisão de que a inferência se sustenta ou não. O que determina se um silogismo proposto é válido ou falacioso é a função atribuída a "todos", "alguns" e "não", independentemente dos tópicos concretos de suas premissas e conclusão. Assim, em poucas palavras, podemos dizer que Aristóteles investigava os poderes lógicos de certos conceitos tópico-neutros, particularmente os de *todos, alguns* e *não*. Estes são enumerados, às vezes, entre o que hoje em dia se designa por "constantes lógicas".

De um modo semelhante, os lógicos megáricos e estóicos iniciaram a investigação dos poderes lógicos dos conceitos igualmente tópico-neutros de *e, ou* e *se*; concentraram-se em certas conjunções proposicionais ou conetivas, ao passo que Aristóteles concentrara-se em certos quantificadores. Eles estavam estudando a legitimidade e ilegitimidade de argumentos possíveis, na medida em que estavam ligados a essas conjunções tópico-neutras.

Esses estudos produziram um modesto grau de codificação dos padrões de inferência que foram examinados, e até uma semi-euclidianização das regras dessas inferências. Foram classificados certos padrões cruciais de falácia. Assim, era natural, embora inteiramente equivocado, como hoje sabemos, supor que qualquer raciocínio válido, fosse ele qual fosse, era redutível, por algum recurso de reformulação verbal, a um dos padrões já programados, e todos os raciocínios falaciosos redutíveis a um dos ridículos disparates já registrados. Alguns termos como "todos", "alguns" e "não", e também, talvez, "e", "ou" e "se", comportam inferências; o resto, supunha-se erradamente, não.

Parte do que caracteriza os termos que, em nossa opinião, contêm inferências é que esses termos ou "constantes lógicas" são indiferentes ao objeto de estudo ou são tópico-neutros; assim, parte do que caracteriza todos os outros termos que se presume não comportarem inferências é não serem tópicos-neutras. As inferências são válidas ou inválidas em virtude de suas formas, e supunha-se que dizer isso fosse dizer que eram válidas ou inválidas por causa dos modos como certas expressões tópico-neutras ou puramente formais ocorriam em certas posições e combinações em suas premissas e conclusões. Essa doutrina tentadoramente vigorosa, cujo obituário ainda tem que ser escrito, podia facilmente sugerir a seguinte demarcação da lógica formal em relação à filosofia. Poder-se-ia dizer que a lógica formal mapeia os poderes de inferência das expressões tópico-neutras ou constantes lógicas em torno das quais giram os nossos argumentos; a filosofia trata de conceitos tópicos ou objetos de estudo que fornecem a carne e a gordura, mas não as articulações e os tendões do discurso. O filósofo analisa noções tais como *prazer*, *cor*, futuro e *responsabilidade*, ao passo que o lógico formal examina noções tais como *todos*, *alguns*, *não*, se e *ou*.

Mas esse modo de estabelecer a divisão facilmente se decompõe. Para começar, a neutralidade tópica não é suficiente para qualificar uma expressão como constante lógica. As línguas européias, antigas e modernas, e em especial as línguas predominantemente não inflexivas, são ricas em expressões tópico-neutras, a maioria das quais não recebeu nenhuma atenção dos lógicos formais, por muito boas razões. Podemos chamar expressões inglesas de "tópico-neutras" se um estrangeiro que as entendeu, mas somente a elas, não conseguiu obter, para todo um parágrafo inglês que as contém, nenhuma pista acerca do que é tratado nesse parágrafo. Tais expressões podem ou devem ocorrer em qualquer parágrafo a respeito de qualquer tópico, abstrato ou concreto, biográfico ou jurídico, filosófico ou científico. Não são dedicadas a um tópico enquanto distinto de outro. São como moedas que nos habilitam a negociar qualquer mercadoria ou serviço, seja ele qual for. Não se pode dizer a partir das moedas na mão de um cliente o que é que ele vai comprar. Assim, "não", "e", "todos", "alguns", "um", "o", "é", "é um membro de", etc. são certamente tópico-neutras, mas o mesmo pode ser dito de "vários", "a maioria", "poucos", "três", "metade", "embora", "porque", "talvez", assim como um grande número de outras conjunções, partículas, preposições, pronomes, advérbios, etc. Algumas expressões parecem ser quase mas não totalmente tópico-neutras. As conjunções temporais "enquanto", "depois" e "antes", e a conjunção espacial "onde" puderam ser usadas, não em todas, mas em quase todas as espécies de discurso. O nosso estrangeiro pôde dizer pela ocorrência de conjunções temporais no parágrafo que nenhum assunto puramente geométrico estava sendo discutido.

Mas os lógicos formais não só ignoram, muito apropriadamente, a grande maioria das expressões tópico-neutras por não pertencerem à sua esfera de atividade, mas também, com igual propriedade, conferem sua atenção profissional aos poderes lógicos de certas classes de expressões que não são, em absoluto, tópico-neutras. Expressões relacionais como "norte de", "mais alto que" e "abrange" são o eixo de inferências estritas, e provou-se ser necessário e viável dividir tais expressões em famílias, de acordo com a espécie de inferências que elas comportam e não comportam. "Mais alto que", por exemplo, é transitivo, no sentido de que se A é mais alto do que B, e B do que C, então A é mais alto que C; mas "perto de" e "mãe de" não são transitivos. A pode estar perto de B e B perto de C sem que A esteja perto de C; e Sara não pode ser mãe da filha de sua própria filha. Isso não nos impede de descobrir rigorosas paridades de raciocínio entre, por exemplo, inferências a partir de "norte de" e inferências a partir de "abrange". Mas a característica de paridade nem sempre pode ser destacada para ser examinada separadamente pela publicação de alguma expressão tópico-neutra elidida. Às vezes pode. "Mais gordo que" funciona, em algumas direções, como "mais quente que", e o que é comum às duas expressões, como expressão tópico-neutra, é o destacável "mais... que".

Assim, talvez devêssemos dizer, com considerável perda de vigor e ambigüidade, que a lógica formal é uma certa espécie de estudo de paridades de raciocínio ou de certos tipos especiais de paridades de raciocínio; e que é conveniente, quando possível, expor essas paridades mediante operações com expressões tópico-neutras de quaisquer contextos tópicos; mas que isso não é essencial e nem sempre é possível. Nem todas as inferências estritas giram em torno de constantes lógicas reconhecidas, e não são todas as expressões tópico-neutras que se qualificam para serem tratadas como constantes lógicas.

É preciso fazer uma retificação. Falei como se os nossos correntes "e", "ou", "se", "todos", "alguns", etc. fossem idênticos às constantes lógicas com que opera o lógico formal. Mas isso não é verdade. Os "e", "não", "todos", "alguns", etc. do lógico não são os nossos conhecidos termos civis; são termos alistados, isto é, uniformizados e sob disciplina militar, com lembranças, de fato, de sua vida civil anterior, mais livre e mais agradável, embora não estejam vivendo agora essa vida. Dois exemplos são suficientes. Se ouvirmos de uma fonte autorizada que uma pessoa tomou arsênico e ficou doente, rejeitaremos o boato de que ela adoeceu e tomou arsênico. Esse uso familar de "e" comporta a noção temporal expressa por "e subseqüentemente", e até a noção causal expressa por "e em conseqüência". O "e" militarizado dos lógicos cumpre somente o dever determinado para ele — um dever em que "a pessoa tomou arsênico e ficou doente" é uma paráfrase absoluta de "a pessoa adoeceu e tomou arsênico". Isso poderia ser chamado de força mínima de "e". Em alguns casos, a sobreposição entre os deveres militares e o trabalho e jogo civis de uma expressão é até mais superficial. O que corresponde no glossário da lógica formal à palavra civil "se" é uma expressão que desempenha apenas uma parcela muito pequena, embora certamente fundamental, do papel ou papéis dessa palavra civil.

Esse aspecto de que a lógica formal opera (1) somente com algumas e não com todas as expressões tópico-neutras, e (2) somente com extratos artificiais das poucas expressões tópico-neutras selecionadas do discurso comum é usado às vezes por filósofos como uma crítica ao programa da lógica formal. Enquanto o filósofo se preocupa com conceitos vigorosos como *prazer* ou *memória*, o lógico formal preocupa-se somente com conceitos descarnados como os de *não* e *alguns*; e mesmo esses têm de ser desbastados para tamanho reduzido e formato artificial antes que o lógico formal se digne a inspecioná-los. Além disso, o filósofo investiga conceitos que, de um modo ou de outro, geram perplexidades genuínas.

Ele investiga o conceito, digamos, de *ver* e não, por exemplo, o de *transpirar*, uma vez que o primeiro está carregado de paradoxos, ao passo que o segundo não. Mas, prossegue a crítica, o lógico formal investiga as tarefas de conceitos portadores de inferências, que não engendram paradoxos de espécie nenhuma; o que ele descobre acerca de *e* e *não* são apenas elaborações daquilo que qualquer criança já dominou completamente em seus primeiros anos de fala.

Menciono aqui essa alegação porque me proporciona a abertura correta. É inteiramente falso que fazer lógica formal é fazer filosofia gratuita e infrutífera a partir de conceitos filosoficamente transparentes. Também é falso que o filósofo faça lógica formal amadorística e artificial em cima de conceitos erroneamente escolhidos porque não lógicos. O campo de batalha não é um arremedo do campo de exercícios; e o campo de exercícios não é um campo de batalha de mentirinha.

Não obstante, subsiste um método muito importante no qual o adjetivo "lógico" é apropriadamente usado para caracterizar tanto as investigações que pertencem à lógica formal quanto as que pertencem à filosofia. O lógico formal realmente trabalha com a lógica de *e*, *não*, *todos*, *alguns*, etc., e o filósofo, na realidade, explora a lógica dos conceitos de *prazer*, *ver*, oportunidade, etc., embora o trabalho de um seja profundamente distinto do trabalho do outro quanto ao procedimento e aos objetivos. Nenhum deles faz o que o outro faz e muito menos faz inadequadamente o que o outro faz corretamente. Contudo, não estamos recorrendo a trocadilhos quando dizemos, por exemplo, que as considerações decisivas para ambos são considerações "lógicas", assim como não é trocadilho dizer que a escolha de evoluções em exercício e a escolha de evoluções em combate são decididas, em ambos os casos, por considerações "militares". Como pode ser isso?

Acho que o paralelo parcial que se segue oferece alguma ajuda. O comércio se inicia com a troca de bens por bens e, por meio de lugares e tempos fixos para as feiras e mercados, essas trocas podem alcançar um grau razoavelmente elevado de sistematização. Embora os valores de troca relativos de diferentes gêneros de mercadorias variem segundo as épocas e os lugares, uma certa medida de estabilização pode ser alcançada por convenção tácita ou explícita. Mesmo nesse estágio existe, porém, uma forte pressão sobre os comerciantes para que usem apenas meia dúzia de tipos de bens consumíveis não só para consumo, mas também, pelo menos por um curto prazo, como uma espécie de moeda corrente informal. Peixe defumado, cigarros ou barras de ferro, embora solicitados para uso, passaram a ser também procurados pela certeza de serem aceitos por qualquer outro comerciante, quer ele queira usá-los ou não, por serem sempre permutáveis em qualquer lugar por bens de consumo. Desde que sejam razoavelmente imperecíveis, fáceis de armazenar e de manusear, fáceis de contar ou pesar, e desde que haja a certeza de que serão demandados algum dia por alguém para fins de consumo, são negociáveis como moeda de troca. Desse estágio para o estágio de operação com uma moeda convencional ou moeda legal, foi um passo relativamente curto. Embora não se espere, talvez, que alguém queira usar discos de metal para qualquer fim de consumo, pode-se esperar que todos queiram usá-los para fins de troca. Poderiam ser descritos como bens auxiliares, bens que são de pouca ou nenhuma utilidade intrínseca, mas de grande utilidade para a aquisição e distribuição de outros bens que são desejados por si mesmos.

Para efeitos futuros, devemos assinalar uma outra espécie de bens auxiliares. Cestos, frascos, sacos, papel pardo e barbante, exagerando-se um pouco, não têm qualquer utilidade em si mesmos, mas apenas para coletar e guardar bens que queremos ter por si mesmos. Mas é evidente que o modo como cestos e barbantes são auxiliares para a comercialização e armazenagem é diferente do modo como as moedas são auxiliares. Uma cesta ou um barril só é realmente útil quando estamos de posse dos artigos que a cesta ou o barril irá conter. A moeda é útil para nós de outro modo. Enquanto possuímos a moeda, não possuímos aquilo que compraremos com ela. Mas ainda assim existe uma certa semelhança entre as duas coisas. Uma moeda é mercadoria neutra, pois podemos comprar com ela qualquer espécie de mercadoria que quisermos. Num grau inferior, um saco ou um pedaço de barbante é também mercadoria neutra. Não podemos dizer, baseados no fato de que vou ao mercado com um saco e um pedaço de barbante, precisamente que espécies de mercadorais levarei de volta para casa com a sua ajuda. Eles serão úteis para qualquer artigo de uma vasta gama, embora, é claro, não para todos os tipos de artigos.

As relações lingüísticas entre homens têm algumas das características das relações de mercado entre homens.

Há uma pressão comparável sobre a linguagem para desenvolver idiomas, que podem ser ou não ser palavras separadas, para coadjuvar e promover de modos estabilizados espécies diferentes de negociações lingüísticas constantemente recorrentes. Necessitamos, e portanto obtemos, uma variedade de palavras, inflexões, construções, etc. tópico-neutras, algumas das quais funcionam à maneira de cestas, frascos, barbantes e papel de embrulho, enquanto outras funcionam como peixe defumado, cigarros ou barras de ferro e, mais tarde, como as moedas e notas, cuja utilidade, toda ou em parte, é servir como instrumentos de troca.

Aí surge, suponho, uma pressão especial sobre a linguagem para fornecer idiomas dessa última espécie, quando a sociedade atinge o estágio em que muitas matérias de interesse e importância para todos têm de ser solucionadas ou decididas por tipos especiais de conversa. Quero dizer, por exemplo, quando acusados têm de ser julgados, e sentenciados ou absolvidos; quando tratados e contratos têm de ser estabelecidos, e cumpridos ou cobrados; quando testemunhas têm de ser acareadas; quando legisladores têm de redigir medidas práticas e defendê-las contra os críticos; quando os direitos privados e os deveres públicos têm de ser fixados com precisão; quando acordos comerciais complexos têm de ser realizados; e, não menos importante, quando os teóricos têm de considerar em detalhe as forças e as fraquezas de suas próprias teorias e das teorias de outros.

Aquelas palavras tópico-neutras de linguagens naturais que estão mais próximas das constantes lógicas oficialmente reconhecidas talvez coincidam, *grosso mo-*

do, com os mais consolidados auxiliares de troca que as nossas línguas nativas forneceram. Elas existem para ser instrumentos de negociação. As expressões conscritas realmente usadas pelos lógicos formais, em conjunto com as expressões metodicamente criadas da matemática, correspondem sob muitos aspectos a uma moeda legal. Uma sentença com uma ou mais "palavras lógicas" é uma sentença com uma ou mais etiquetas de preço. Outras palavras, inflexões, etc. tópico-neutras correspondem mais de perto ao papel de embrulho, barbante, sacos e frascos com que vamos e voltamos do mercado.

Talvez estejamos agora em condições de ver com maior clareza alguns aspectos em que os interesses do lógico formal são diferentes daqueles do filósofo e, no entanto, não inteiramente separados uns dos outros. A pessoa comum está muito interessada na utilidade doméstica ou de consumo de diferentes bens, e também, como aquele que compra e vende no mercado, nos valores de troca desses bens, isto é, o que podem render ou o que pode ser adquirido com eles; e essas considerações variam a cada espécie e quantidade diferente de artigos. Esse problema não existe para o caixa bancário quanto às moedas que recebe e que fornece. Uma moeda de seis *pennies* compra qualquer coisa que valha seis *pence*, e o seu poder de compra está para o poder de compra de um *penny* ou de meia-coroa em relações conhecidas e fixas. O seu valor está cunhado nela.

De um modo um tanto semelhante, não existe nem pode existir incerteza quanto aos valores de troca dos numerais da aritmética simples ou das constantes lógicas conscritas do lógico formal, uma vez que foram criados ou fixados para fazer justamente o que fazem. Tampouco pode haver muita incerteza acerca das inferências possíveis a partir de palavras vernáculas como "não", "algum", "e" e "ou", visto que a sua tarefa primordial é tornar as negociações "decidíveis".

Enquanto o filósofo tem de investigar o conteúdo especial, digamos, dos conceitos de *gostar* e *recordar* e seus tipos de comportamento lógico, o lógico não tem de investigar os seus conceitos semitécnicos de *e* e *não*. Seu trabalho é o que lhes cabe fazer, e o lógico foi quem dispôs seu regulamento ou, pelo menos, os leu. Por outro lado, resta-lhe ainda fazer uma tarefa teórica especial. Assim como a aritmética e a álgebra têm problemas que lhes são próprios, que começam quando o uso elementar de números na contagem é dominado, também o lógico formal tem seus problemas análogos, que começam muito depois de ser adquirido o domínio elementar de seus registrados *tudo*, *algum* e *não*; *e*, *ou*, *se* e assim por diante. Seus problemas ocupacionais não são como determinar os equivalentes de troca de suas constantes lógicas, mas como derivar alguns de outros, ou seja, como estabelecer os princípios do cálculo desses equivalentes. A tarefa do lógico formal consiste em incorporá-los numa espécie de sistema dedutivo euclidiano. O cobrador de ônibus, experiente mas sem instrução, poderia registrar o começo de uma lista interminável do troco correto a ser dado para diferentes moedas e punhados de moedas, mas fazer isso não seria fazer aritmética. O contador, ao contrário do cobrador de ônibus, deve saber como calcular, e alguns outros especialistas devem ter desenvolvido a ciência que o contador aplica.

As expressões tópico-neutras da nossa linguagem natural, que são as contrapartidas civis das constantes lógicas alistadas, não se comportam exatamente como suas contrapartidas alistadas, embora as diferenças às vezes sejam leves e às vezes não cheguem a ser incomodamente volumosas. Por razões óbvias, os lógicos alistaram apenas os soldados com aparência de civis e, como vimos, há boas razões para que as línguas de sociedades altamente organizadas forneçam um certo número de expressões facilitadoras de decisões.

Mas a maioria dos termos do discurso cotidiano e técnico não são como moedas ou mesmo como conchas de cauri. São como bens de consumo, que podem, de fato, ser comercializados e com os quais se pode comercializar. Mas seus valores de troca não estão cunhados neles. Podem, na maior parte, ser os eixos de inferências legítimas e ilegítimas; há paridades de raciocínio entre inferências que giram em torno de um desses eixos e inferências que giram em torno de alguns outros deles; mas comumente não há como extrair deles alguma constante lógica implícita ou teia de constantes lógicas a ser creditada à condução dessa inferências — nem existe, na realidade, uma meia-coroa invisível escondida num saco de batatas que torne essas batatas o equivalente de troca de uma cesta de frutas ou de um par de lagostas.

Têm seus poderes lógicos ou valores de troca, mas não serão concluídos a partir dos termos de seus privilégios oficiais, uma vez que não têm privilégios. O problema do filósofo consiste em extrair seus poderes lógicos das negociações que entabulamos com eles, à semelhança do fonético que extrai os princípios da fonética dos modos como aprendemos a pronunciar as palavras — se bem que o método e os propósitos da extração sejam imensamente diferentes.

Como então, resta perguntar, o filósofo é um cliente do lógico formal? Já sugeri parte da resposta. Saber como executar movimentos completamente estereotipados em condições artificiais de campo de exercícios, com perfeita correção, é ter aprendido, de fato, não como se conduzir na batalha, mas como aplicar rigorosamente padrões de eficiência militar, mesmo em ações e decisões não ensaiadas, em situações novas e adversas e em terreno irregular e desconhecido.

Ou, o que não é exatamente a mesma coisa, é algo semelhante ao que a geometria representa para o cartógrafo. Ele não encontra cercas vivas euclidianas retilíneas ou pradarias euclidianas planas. Entretanto, ele não poderia mapear as cercas vivas sinuosas ou as pradarias ondulantes a não ser em comparação com as fronteiras e os níveis idealmente regulares, pois só em termos deles poderá calcular as posições e alturas relativas dos objetos naturais que se propõe registrar a partir das observações visuais que efetua. O cartográfo é um dos clientes da geometria. A possibilidade de que o seu mapa esteja aproximadamente correto ou preciso é uma dádiva de Euclides, bem como a possibilidade de sua leitura das distâncias, áreas e direções mapeadas, que ele não mediu quando construiu o mapa.

Ou, por último, é o que a contabilidade significa para o comerciante que, embora seus problemas não sejam de natureza aritmética, ainda assim, ao lidar com esses problemas, necessita da constante verificação do livro-razão com os devidos balanços. O comerciante é um cliente do contador.

Mas é evidente que o combate não pode ser reduzido à instrução militar, a cartografia não pode ser reduzida à geometria, o comércio não pode ser reduzido a balanços. Nem o tratamento de problemas filosóficos pode ser reduzido à derivação ou à aplicação de teoremas acerca de constantes lógicas. O filósofo faz necessariamente o que poderia ser chamado de "lógica informal", e a sugestão de que seus problemas, seus resultados ou seus procedimentos devem ou podem ser formalizados está tão errada quanto as sugestões correspondentes a respeito do soldado, do cartógrafo e do comerciante. Poderíamos ir mais longe e dizer que toda a questão da instrução militar, da geometria, da contabilidade e da lógica formal se diluiria se pudessem ser dissociados por completo de seus clientes. Seria como reservar as estradas para uso exclusivo de rolos compressores, ou como proibir todo o comércio salvo o câmbio de moeda.

*
* *

O que tentei expor no decorrer destas conferências foi o modo como problemas de lógica informal nos são impostos, queiramos ou não, pelas interferências involuntariamente cometidas entre diferentes grupos de idéias. O pensador, que é também homem comum, aprende, *ambulando*, como impor certa medida de ordem interna e disciplina lógica aos atores que integram os seus diferentes grupos conceituais. O que ele não aprende *ambulando* é como comparar e coordenar grupo com grupo, equipe com equipe; como, por exemplo, comparar e coordenar o que ele sabe a respeito de ver e ouvir com o que descobre durante o desenvolvimento de suas teorias ópticas, acústicas e neurofisiológicas; ou como comparar e coordenar o que sabe a respeito do nosso controle cotidiano de coisas e acontecimentos no mundo com o que sabe sobre as implicações de verdades no tempo futuro; ou como comparar e coordenar o que sabe a respeito dos acessórios cotidianos do globo material com as conclusões de suas teorias sobre a constituição fundamental da matéria.

Permitam-me juntar agora alguns pontos específicos que procurei ilustrar. Penso que eles são mutuamente coerentes.

Em primeiro lugar, não estamos sob qualquer pressão para examinar o comportamento lógico de conceitos isolados, escolhidos aleatoriamente, talvez folheando um dicionário. Não estamos diante de quebra-cabeças especiais a respeito das noções de *transpiração*, *off-side* ou *tributação*. A pressão ocorre quando descobrimos, por exemplo, que as coisas que conhecemos bem são o tipo de coisas a dizer com verbos como "ver" e "ouvir", e todas as outras dessa família não muito bem definida parecem ser ilegitimadas por, ou então ilegitimar, coisas que também sabemos serem do tipo a se dizer com expressões como "nervo óptico", "impulso nervoso", "ondas luminosas" e todo o resto de suas famílias não muito bem definidas. As nossas questões características não são questões da estática lógica de conceitos isolados e singulares, mas questões da dinâmica lógica de sistemas de conceitos evidentemente interferentes.

Por conseguinte, para entender a obra de um filósofo original é necessário ver — e não apenas ver, mas sentir — o *impasse* lógico pelo qual ele foi assaltado. Devemos sempre formular a pergunta: qual foi o apuro conceitual em que ele se meteu? Que dilema o estava atormentando? Nem sempre é fácil identificar ou descrever esse *impasse*, uma vez que o próprio filósofo raramente — ou nunca — é capaz de diagnosticar suas dificuldades. Poder diagnosticá-las é meio caminho andado para livrar-se delas. Para ele, enquanto em apuros, a situação assemelha-se à de um homem envolto em nevoeiro, cujo pé esquerdo sente-se firmemente plantado numa sólida margem e cujo pé direito sente-se firmemente plantado num barco confiável — e, no entanto, a margem e o barco parecem mover-se independentemente. Ele não pode levantar nenhum dos pés de seu respectivo apoio, mas parece que tampouco consegue manter os pés juntos.

Kant, para citar um exemplo particular, acreditava sinceramente na física newtoniana; também acreditava sinceramente na autonomia da Moral. Entretanto, as Leis do Movimento pareciam não deixar espaço para a Lei Moral, e a obrigação absoluta que os homens têm de agir de certas maneiras e, com isso, a possibilidade de assim se conduzirem parecia não deixar espaço para a necessidade física dos movimentos de todos os corpos, incluindo os humanos. Tanto as verdades da ciência quanto as verdades da moral não podiam ser abandonadas e, no entanto, umas pareciam desqualificar as outras.

Paralelamente a esse *impasse*, ou melhor, penso eu, subjacente a ele, havia uma outra lacuna mais profunda e mais ampla. Os princípios mecânicos contêm as explicações de todos os estados e processos corporais. Mas plantas, insetos, animais e homens são organizações corporais. Logo, todos os seus estados e processos podem ser mecanicamente explicados. Contudo, as coisas vivas não são meramente mecanismos complexos; as ciências biológicas não são meras derivações da mecânica. Onde existe vida existe intencionalidade, e onde existe vida sensível, móvel e, especialmente, intelectual e consciente, existem níveis ou tipos cada vez mais elevados de intencionalidade. O biólogo, o zoólogo e o psicólogo devem conduzir suas investigações como se fossem vitalistas, embora sintam obrigações intelectuais de adular o mecanismo. Assim, Kant, e não apenas Kant, mantinha um pé seguramente plantado na sólida margem da mecânica newtoniana e o outro pé seguramente plantado no barco de um vitalismo semi-aristotélico.

Sugere-se, às vezes, que Kant impôs-se as tarefas de analisar uma montanha de conceitos, como *espaço*, *tempo*, *causação*, *dever*, *vida* e *propósito*. Mas isso seria enganoso em pelo menos dois aspectos importantes. Em primeiro lugar, ele não se impôs essas tarefas; foram elas que se impuseram a ele. Em segundo lugar, elas não o atacaram numa seqüência aleatória de incursões locais; foram as pontas de lança de um ofensiva combinada a partir de dois flancos. As táticas de Kant contra essas numerosas unidades tinham, e tinham de ter, uma estratégia subjacente.

Além disso, espero ter mostrado que a solução, ou mesmo a solução parcial de um litígio entre teorias não pode ser obtida por meio de qualquer manobra estereotipada. Não há um lance ou seqüência de lances regulamentares que resulte no estabelecimento de direção lógica correta entre as posições litigantes. Isso não significa que não possamos discernir ou ver com freqüência algumas semelhanças razoavelmente amplas de padrão entre um dilema e outro; e elas podem, às vezes, sugerir modos de abordagem de uma questão por analogia com os modos que foram eficazes na abordagem da outra. Mas tais analogias tanto podem ser obstáculos quanto ajudas. Um bom modelo pode, numa nova aplicação, funcionar como uma cama de Procusto.

Dizer isto é dizer, de outra maneira, que a esperança em que os problemas filosóficos possam ser reduzidos, mediante algumas operações estereotipadas, a problemas padronizados de lógica formal não passa de um sonho sem fundamento. A lógica formal pode fornecer ao lógico informal exploratório uma bússola para que ele se oriente, mas não uma rota estabelecida e menos ainda trilhos que tornem óbvio o caminho. Onde existe floresta virgem, não pode haver trilhos; onde há trilhos a selva já foi há muito desmatada.

Não obstante, as operações de discussão, que são as únicas que permitem ao lógico informal avançar, são controladas por considerações lógicas, embora não sejam, salvo de maneira muito indireta, considerações de lógica formal. Existe, por exemplo, alguma força no argumento de que gostar de fazer alguma coisa não se trata de uma sensação de certa espécie ter sido estabelecida no agente por sua ação, uma vez que as sensações agudas desviam a atenção de tudo o mais que não seja aquelas sensações, ao passo que a grande fruição é acompanhada de completa absorção na atividade prazerosa; e a força que existe nesse argumento trabalha diretamente no sentido de uma certa compreensão das influências recíprocas entre os conceitos de *prazer*, *atividade*, *atenção* e *sentimento*.

Há pouco fiz uma distinção entre os conceitos civis cotidianos e os conceitos alistados com que operam o lógico formal e o matemático. Disse que as funções dos últimos deveriam ser lidas a partir de seus regulamentos, ao passo que a inferência dos primeiros não podia ser lida a partir de qualquer regulamento, uma vez que não estavam submetidos a regulamento de nenhuma espécie. Mas uma ressalva deve ser feita para os termos técnicos de áreas especializadas como jogos, ciências e profissões. As regras para o emprego desses termos são, em certa medida, explícitas. Uma pessoa que dominou o aparato a que eles pertencem conhece o bastante para ser capaz de declarar, às vezes com grande precisão, qual a função de um desses termos em relação às funções de todos os outros. Seus papéis estão mais ou menos bem interdefinidos.

Segue-se, o que parece de fato ser verdade, que o indivíduo que emprega tais termos oficialmente incorporados geralmente se vê embaraçado por poucas perplexidades — ou nenhuma — no decorrer de seu uso técnico regular. Mas há dois tipos de situação em que até ele, e sobretudo ele, pode se atrapalhar. A primeira é quando a teoria, o setor ou outra atividade servida pelo aparato terminológico está em processo de intenso desenvolvimento ou mudança — ou seja, quando os papéis de todos ou da maioria dos membros do aparato estão sendo ampliados ou deslocados. Se as leis de propriedade de um estado estão sendo ampliadas para abranger inúmeros tipos diferentes de propriedades da Coroa, propriedades do Estado e propriedades de indústrias nacionalizadas e empresas públicas, então o próprio jurista ver-se-á, por algum tempo, dividido entre as velhas e as novas forças de suas próprias fraseologias técnicas. Quando o Auction Bridge deu lugar ao Contract Bridge, ou quando o Football Association gerou o Rugby Football, ou quando a geometria absorveu as geometrias não euclidianas, ou quando a teoria física de 1953, ao crescer, afastou-se, em alguns sentidos, da teoria física de 1943, as funções regulares ou habituais de muitos dos termos técnicos empregados ficaram aquém de suas novas funções; e aqueles que os empregavam têm dúvidas, no momento, sobre se estarão agindo depressa demais e perdendo os seus *reais* significados, ou seja, os que aprenderam há muito tempo. As impossibilidades de ontem são as possibilidades de hoje; contudo, não estarão estas proibidas pelas regras conhecidas? Ainda é *realmente* uma falta, fora de qualquer dúvida, tocar com a mão numa bola de futebol durante o jogo?

A segunda situação em que o usuário de um aparato técnico de termos internamente bem disciplinados pode ficar confuso a respeito do seu emprego é, em geral, a mais importante. É a situação em que ele se vê solicitado a discutir questões interteorias, ou seja, questões cujas respostas não são contribuições para o corpo de sua teoria mas, em vez disso, são contribuições para o entendimento dos pontos essenciais e orientação de sua teoria pelos outros, sejam eles cidadãos pensantes em geral ou os próprios responsáveis por outras teorias especiais. Esta é a situação do advogado debatendo com o cidadão comum, ou com um psicólogo, ou com o reformador político; ou é a situação do teólogo em debate com o astrofísico, ou com o geneticista, ou com o cidadão comum. Em tais situações, o perfeito controle interno dos conceitos de sua teoria é compatível com a maior dificuldade em ajustar sua terminologia profissional às terminologias profissionais ou públicas do seu interlocutor. De fato, para dar uma nota pessimista, quanto mais à vontade ele está com o seu sistema conceitual especializado, menos capaz será de operar fora dele. Ele sentirá que aquilo que funciona tão bem durante o seu emprego diário deverá ser o equipamento apropriado para empregar em qualquer outro lugar. É claro, negociações diplomáticas podem ser melhor conduzidas nos idiomas já comprovados da Bolsa de Valores, do sindicato, do regimento ou da capela.

A questão é que, por mais insólito que pareça, um homem inteligente pode saber perfeitamente como fazer um conceito cumprir sua função regular, dentro de seu campo apropriado de emprego, e assim ter o completo domínio de seus deveres e suas isenções lógicas internas, e no entanto ver-se em apuros para determinar sua lógica externa ou pública. Ele pode, talvez, pensar lucidamente como geômetra e ainda assim se atrapalhar quanto às relações entre pontos geométricos e pontos a lápis numa folha de papel, ou moléculas, ou átomos; ou talvez possa pensar lucidamente como economista e mesmo assim se atrapalhar quanto à identidade ou não de seu arrendatário com este ou aquele pequeno proprietário pouco próspero. A habilidade para usar o jargão particular de uma teoria não envolve necessariamente a habilidade para introduzir esse jargão nas terminologias públicas, que são neutras entre as teorias. Com freqüência, o próprio poder da lógica interna de uma teoria ou disciplina bem organizada é que engendra os conflitos entre ela e outras teorias ou, talvez mais freqüentemente, entre essa teoria e o saber comum. Pois é justamente a esse exercício conhecido que o pensador treinado nele sente-se obrigado a tentar submeter os membros dos outros times conceituais.

Assim, espero ter conseguido destacar para serem examinadas algumas características daquilo que denominei a "lógica informal" dos nossos conceitos correntes e dos nossos conceitos técnicos; e mostrar como as questões acerca dessa lógica informal nos são impostas pelos conflitos imprevistos e inevitáveis que eclodem de tempos em tempos entre um grupo de idéias e outro. O que é freqüentemente descrito, embora sem grande proveito, como "análise de conceitos" é, antes, uma operação — se preferirem, uma operação "sinóptica" — de elaboração das paridades e disparidades de raciocínio entre argumentos ligados aos conceitos de um aparato ou sistema conceitual e argumentos ligados a outro. A necessidade de empreender tais operações só se faz sentir pela primeira vez quando algum dilema mostra suas presas.

Impresso na **Grol** editora gráfica ltda.
03043 Rua Martim Burchard, 246
Brás - São Paulo - SP
Fone: (011) 270-4388 (PABX)
com filmes fornecidos pelo Editor.